卞尺丹几乙し丹卞と
Translated Language Learning

Alices Abenteuer im Wunderland

Οι περιπέτειες της Αλίκης στη χώρα των θαυμάτων

Lewis Carroll

Λιούις Κάρολ

Deutsch / Ελληνικά

Runter in den Kaninchenbau
Κάτω από την τρύπα του κουνελιού

Alice fing an, sehr müde zu werden
Η Αλίκη είχε αρχίσει να κουράζεται πολύ
Sie saß neben ihrer Schwester auf der Grasbank
Καθόταν δίπλα στην αδελφή της στην όχθη του γρασιδιού
aber sie hatte nichts zu tun
Αλλά δεν είχε τίποτα να κάνει
Ihre Schwester las ein Buch
Η αδελφή της διάβαζε ένα βιβλίο
Ein- oder zweimal schaute Alice in das Buch
μία ή δύο φορές η Αλίκη κρυφοκοίταξε στο βιβλίο
aber das Buch enthielt keine Bilder oder Gespräche
Αλλά το βιβλίο δεν είχε εικόνες ή συνομιλίες
"Was nützt ein Buch ohne Bilder?", dachte Alice
«Σε τι χρησιμεύει ένα βιβλίο χωρίς εικόνες;», σκέφτηκε η Αλίκη
"Warum sollte ein Buch keine Gespräche führen?"
«Γιατί ένα βιβλίο να μην έχει συζητήσεις;»
Aber sie hatte noch andere Dinge zu bedenken

Αλλά είχε άλλα πράγματα να εξετάσει

"Es wäre ein Vergnügen, eine Kette aus Gänseblümchen zu machen"

"Κάνοντας μια αλυσίδα μαργαρίτες θα ήταν μια ευχαρίστηση"

"Aber lohnt es sich, aufzustehen und die Gänseblümchen zu pflücken??"

"Αλλά αξίζει τον κόπο να σηκωθείτε και να μαζέψετε τις μαργαρίτες;"

Das war nicht so leicht zu denken

Αυτό δεν ήταν τόσο εύκολο να το σκεφτεί κανείς

weil sie sich an diesem Tag schläfrig und dumm fühlte

Επειδή η μέρα την έκανε να νιώθει νυσταγμένη και ηλίθια

aber plötzlich wurden ihre Gedanken unterbrochen

Αλλά ξαφνικά οι σκέψεις της διακόπηκαν

ein weißes Kaninchen mit rosa Augen lief dicht an ihr vorbei

ένα λευκό κουνέλι με ροζ μάτια έτρεξε κοντά της

**Es war nichts übermäßig Bemerkenswertes an dem
Kaninchen**
Δεν υπήρχε τίποτα υπερβολικά αξιοσημείωτο για το
κουνέλι
und Alice fand das Kaninchen auch nicht bemerkenswert
και η Αλίκη δεν σκέφτηκε ούτε το κουνέλι αξιοσημείωτο
auch überraschte es sie nicht, als das Kaninchen sprach
ούτε την εξέπληξε όταν μίλησε το κουνέλι
»O je! Ich werde zu spät kommen!« sagte er zu sich selbst
«Ω αγαπητέ! Θα είναι πολύ αργά!» είπε στον εαυτό του
**aber dann tat das Kaninchen etwas, was Kaninchen nicht
tun**
αλλά τότε το κουνέλι έκανε κάτι που τα κουνέλια δεν
έκαναν
das Kaninchen zog eine Uhr aus der Westentasche
το κουνέλι έβγαλε ένα ρολόι από την τσέπη του γιλέκου
του
Er schaute auf die Uhr und eilte dann weiter
Κοίταξε την ώρα και μετά έσπευσε
Alice erhob sich erstaunt
Η Αλίκη σηκώθηκε στα πόδια της, έκπληκτη
Sie hatte noch nie zuvor ein Kaninchen mit Weste gesehen!
Δεν είχε ξαναδεί κουνέλι με γιλέκο!
noch hatte sie je ein Kaninchen mit einer Uhr gesehen!
Ούτε είχε δει ποτέ κουνέλι με ρολόι!
Alice brannte vor neuer Neugierde
Η Αλίκη καιγόταν από μια νέα περιέργεια
und sie rannte über das Feld hinter dem Kaninchen her
και έτρεξε πέρα από το χωράφι πίσω από το κουνέλι
**Sie kam gerade noch rechtzeitig, um das Kaninchen
verschwinden zu sehen**
Ήταν ακριβώς πάνω στην ώρα για να δει το κουνέλι να
εξαφανίζεται
Das Kaninchen hüpfte in einen großen Kaninchenbau hinab
Το κουνέλι πήδηξε κάτω σε μια μεγάλη τρύπα κουνελιού
**Im nächsten Augenblick stürzte Alice hinter dem Kaninchen
her!**

Σε μια άλλη στιγμή, κάτω πήγε η Αλίκη μετά το κουνέλι!

Der Kaninchenbau ging geradeaus wie ein Tunnel

Η κουνελότρυπα πήγαινε κατευθείαν σαν τούνελ

und der Tunnel ging noch eine Weile weiter

Και το τούνελ συνέχισε για κάποια απόσταση

und dann senkte sich der Weg plötzlich hinunter

Και τότε το μονοπάτι ξαφνικά βυθίστηκε

Alice hatte keinen Augenblick, daran zu denken, ob sie sich zurückhalten sollte

Η Αλίκη δεν είχε ούτε μια στιγμή να σκεφτεί να σταματήσει τον εαυτό της

Sie fiel hin und hinunter und hinunter

Βρέθηκε να πέφτει κάτω και κάτω και κάτω

Es schien, als sei sie in einen sehr tiefen Brunnen gefallen

Φαινόταν σαν να είχε πέσει κάτω από ένα πολύ βαθύ πηγάδι

Entweder war der Brunnen sehr tief, oder sie fiel sehr langsam

Είτε το πηγάδι ήταν πολύ βαθύ, είτε έπεσε πολύ αργά

denn sie hatte viel Zeit zum Fallen

επειδή είχε αρκετό χρόνο να πέσει

Als sie fiel, konnte sie sich umsehen

Καθώς έπεφτε, μπορούσε να κοιτάξει γύρω της

Zuerst versuchte sie herauszufinden, wohin sie ging

Πρώτον, προσπάθησε να καταλάβει πού πήγαινε

aber der Brunnen war zu dunkel, um etwas zu sehen

Αλλά το πηγάδι ήταν πολύ σκοτεινό για να δει οτιδήποτε

Dann blickte sie auf die Seiten des Brunnens

Τότε κοίταξε τις πλευρές του πηγαδιού

Und sie bemerkte, dass überall um sie herum Schränke standen

Και παρατήρησε ότι υπήρχαν ντουλάπια γύρω της

und rings um den Brunnen waren Bücherregale

και γύρω από το πηγάδι υπήρχαν ράφια βιβλίων

Hier und da sah sie Karten und Bilder, die an Pflöcken hingen

Εδώ κι εκεί έβλεπε χάρτες και εικόνες κρεμασμένες σε

μανταλάκια
Im Vorbeigehen nahm sie ein Glas aus einem der Regale
Κατέβασε ένα βάζο από ένα από τα ράφια καθώς περνούσε
Das Glas wurde für seinen Inhalt gekennzeichnet
Το βάζο επισημάνθηκε για το περιεχόμενό του
"MARMELADE AUS ORANGEN"
"ΜΑΡΜΕΛΑΔΑ ΑΠΟ ΠΟΡΤΟΚΑΛΙΑ"
Aber zu ihrer großen Enttäuschung war das Marmeladenglas leer
Αλλά, προς μεγάλη της απογοήτευση, το βάζο μαρμελάδας ήταν άδειο
Sie wollte das leere Marmeladenglas nicht fallen lassen
Δεν ήθελε να ρίξει το άδειο βάζο μαρμελάδας
und ihr Fall war sehr langsam
και η πτώση της ήταν πολύ αργή
So schaffte sie es, das Marmeladenglas in einen der Schränke zu stellen
Έτσι κατάφερε να βάλει το βάζο μαρμελάδας σε ένα από τα ντουλάπια
Nieder, hinunter, hinunter fiel sie!
Κάτω, κάτω, κάτω πέφτει!
Würde der Fall jemals ein Ende haben?
Θα τελείωνε ποτέ η πτώση;
Es gab nichts anderes zu tun
Δεν υπήρχε τίποτα άλλο να κάνουμε
so fing Alice bald an, mit sich selbst zu reden
έτσι η Αλίκη σύντομα άρχισε να μιλάει στον εαυτό της
»Dinah wird mich heute abend sehr vermissen, sollte ich meinen!«
«Η Ντίνα θα μου λείψει πολύ απόψε, πρέπει να σκεφτώ!»
Dinah war Alices Katze
Η Ντίνα ήταν η γάτα της Αλίκης
»Ich hoffe, sie werden sich an ihre Untertasse mit Milch zur Teezeit erinnern.«
«Ελπίζω να θυμούνται το πιατάκι της με το γάλα την ώρα του τσαγιού»
»Dinah, meine Liebe, ich wünschte, du wärst hier unten bei

mir!«

«Ντίνα, αγαπητή μου, μακάρι να ήσουν εδώ κάτω μαζί μου!»

Alice fühlte, als würde sie einschlafen

Η Αλίκη ένιωθε ότι κοιμόταν

Und dann plötzlich, dumpf! Bums!

Και ξαφνικά, χτυπήστε! Πλήγμα!

Sie fiel auf einen Haufen Stöcke

Κάτω έπεσε πάνω σε ένα σωρό ξύλα

und sie landete auf einem Haufen trockener Blätter

Και προσγειώθηκε σε ένα σωρό από ξερά φύλλα

Und endlich war der lange Sturz in das Loch vorbei

Και τελικά η μεγάλη πτώση κάτω από την τρύπα τελείωσε

Alice war kein bisschen verletzt

Η Αλίκη δεν πληγώθηκε λίγο

und sie sprang in einem Augenblick auf

Και πήδηξε μέσα σε μια στιγμή

Sie blickte auf, aber es war alles dunkel über ihr

Κοίταξε ψηλά, αλλά ήταν όλα σκοτεινά πάνω από το κεφάλι

Vor ihr lag ein weiterer langer Korridor

Μπροστά της ήταν ένας άλλος μακρύς διάδρομος

und das weiße Kaninchen war noch in Sicht

και το Λευκό Κουνέλι ήταν ακόμα ορατό

Er eilte den Korridor hinunter

Έτρεχε στο διάδρομο

Es war kein Augenblick zu verlieren

Δεν υπήρχε ούτε μια στιγμή για χάσιμο

davonlief Alice wie der Wind

μακριά έτρεξε η Αλίκη σαν τον άνεμο

um die Ecke drehte sich das Kaninchen

γύρω από τη γωνία γύρισε το κουνέλι

Sie kam gerade noch rechtzeitig, um das Kaninchen zu hören

Ήταν ακριβώς πάνω στην ώρα για να ακούσει το κουνέλι

"Oh, meine Ohren und Schnurrhaare"

""Ω, τα αυτιά και τα μουστάκια μου"

"Wie spät es wird!"

«Πόσο αργά γίνεται!»

Sie war dicht hinter dem Kaninchen

Ήταν κοντά πίσω από το κουνέλι

Sie bog um eine weitere Ecke

Γύρισε σε μια άλλη γωνία

aber das Kaninchen war nicht mehr zu sehen

αλλά το κουνέλι δεν φαινόταν πια

Sie befand sich in einer langen, niedrigen Halle

Βρέθηκε σε μια μεγάλη, χαμηλή αίθουσα

Der Saal wurde von einer Reihe von Deckenlampen erleuchtet

Η αίθουσα φωτιζόταν από μια σειρά φωτιστικών οροφής

Überall im Saal gab es Türen

Υπήρχαν πόρτες γύρω από την αίθουσα

aber alle Türen waren verschlossen

αλλά όλες οι πόρτες ήταν κλειδωμένες

Sie ging den ganzen Weg an der einen Seite des Flurs hinunter

Περπάτησε μέχρι τη μία πλευρά της αίθουσας

Und sie war den ganzen Weg auf der anderen Seite des Flurs hinaufgegegangen

Και είχε περπατήσει μέχρι την άλλη πλευρά της αίθουσας

Sie hatte jede Tür ausprobiert

Είχε δοκιμάσει κάθε πόρτα

Und sie ging traurig in der Mitte des Saales entlang

Και περπάτησε λυπημένη στη μέση της αίθουσας

"Wie komme ich da mal wieder raus?"

«Πώς θα ξαναβγώ ποτέ;»

Plötzlich stieß sie auf einen kleinen Tisch
Ξαφνικά ήρθε πάνω σε ένα μικρό τραπέζι
Der Tisch wurde komplett aus massivem Glas gefertigt
Το τραπέζι ήταν κατασκευασμένο εξ ολοκλήρου από
συμπαγές γυαλί
**Auf dem Tisch lag nichts als ein winziger goldener
Schlüssel**
Δεν υπήρχε τίποτα στο τραπέζι εκτός από ένα
μικροσκοπικό χρυσό κλειδί
Der Schlüssel könnte zu einer der Türen gehören!
Το κλειδί μπορεί να ανήκει σε μία από τις πόρτες!
**Aber ach! Einige der Schlösser waren zu groß für die
Schlüssel**
Αλλά, αλίμονο! Μερικές από τις κλειδαριές ήταν πολύ
μεγάλες για τα κλειδιά
und für die anderen Schlösser war der Schlüssel zu klein
και για τις άλλες κλειδαριές το κλειδί ήταν πολύ μικρό
aber auf jeden Fall öffnete der Schlüssel keine der Türen
Αλλά, εν πάση περιπτώσει, το κλειδί δεν άνοιξε καμία από

τις πόρτες
Aber was sollte sie tun?
Αλλά τι έπρεπε να κάνει;
Sie ging wieder durch den Saal
Πέρασε ξανά από την αίθουσα
Und diesmal bemerkte sie einen niedrigen Vorhang
Και αυτή τη φορά παρατήρησε μια χαμηλή κουρτίνα
Hinter dem Vorhang war eine kleine Tür
Πίσω από την κουρτίνα υπήρχε μια μικρή πόρτα
Die Tür war etwa fünfzehn Zoll hoch
Η πόρτα ήταν περίπου δεκαπέντε ίντσες ψηλά
Sie probierte den kleinen goldenen Schlüssel im Schloss aus
Δοκίμασε το μικρό χρυσό κλειδί στην κλειδαριά
Und zu ihrer großen Freude passte der Schlüssel ins Schloss!
Και προς μεγάλη της χαρά, το κλειδί ταιριάζει στην κλειδαριά!
Alice öffnete die Tür
Η Αλίκη άνοιξε την πόρτα
und sie fand, daß die Tür in einen kleinen Korridor führte
Και βρήκε την πόρτα να οδηγεί σε ένα μικρό διάδρομο
Der Korridor war nicht viel größer als ein Rattenloch
Ο διάδρομος δεν ήταν πολύ μεγαλύτερος από μια τρύπα αρουραίων
Sie kniete nieder und blickte den Korridor entlang
Γονάτισε και κοίταξε κατά μήκος του διαδρόμου
Und sie sah den schönsten Garten, den du je gesehen hast
Και είδε τον ωραιότερο κήπο που έχετε δει ποτέ
wie sehr sie sich danach sehnte, aus dieser dunklen Halle herauszukommen
Πόσο λαχταρούσε να βγει από εκείνη τη σκοτεινή αίθουσα
wie sie sich wünschte, zwischen diesen leuchtenden Blumen zu wandern
Πώς ήθελε να περιπλανηθεί ανάμεσα σε αυτά τα φωτεινά λουλούδια
Wie cool die Erfrischung dieser Brunnen aussah
Πόσο δροσερά αναζωογονητικά φαίνονταν αυτά τα σιντριβάνια

aber sie konnte nicht einmal ihren Kopf durch die Tür
stecken

Αλλά δεν μπορούσε καν να πάρει το κεφάλι της μέσα από
την πόρτα

»Oh,« sagte Alice traurig

«Ω», είπε η Αλίκη θρηνώντας

**»wie sehr wünschte ich, ich könnte mich zusammenfalten
wie ein Fernrohr!«**

«Πόσο θα ήθελα να μπορούσα να διπλώσω σαν
τηλεσκόπιο!»

**"Ich glaube, ich könnte mich zusammenfalten wie ein
Teleskop"**

«Νομίζω ότι θα μπορούσα να διπλώσω σαν τηλεσκόπιο»

"Wenn ich nur wüsste, wie ich anfangen sollte"

"αν ήξερα μόνο πώς να ξεκινήσω"

Alice ging zurück an den Tisch

Η Αλίκη επέστρεψε στο τραπέζι

**Es bestand die Möglichkeit, einen weiteren Schlüssel zu
finden**

Υπήρχε η πιθανότητα να βρεθεί ένα άλλο κλειδί

Oder es gibt ein Buch mit Regeln

ή μπορεί να υπάρχει ένα βιβλίο κανόνων

**Das Buch könnte ihr sagen, wie man sich wie ein Teleskop
zusammenfaltet**

Το βιβλίο θα μπορούσε να της πει πώς να διπλώσει σαν
τηλεσκόπιο

Diesmal fand sie ein Fläschchen

Αυτή τη φορά βρήκε ένα μικρό μπουκάλι

"Diese Flasche war gewiß vorher nicht hier," sagte Alice

«Αυτό το μπουκάλι σίγουρα δεν ήταν εδώ πριν», είπε η
Αλίκη

Und um den Flaschenhals war ein Papieretikett gebunden

και δεμένη γύρω από το λαιμό του μπουκαλιού ήταν μια
χάρτινη ετικέτα

**Das Etikett war wunderschön in großen Buchstaben
gedruckt**

Η ετικέτα ήταν όμορφα τυπωμένη με μεγάλα γράμματα

"TRINK MICH"
«ΠΙΕΣ ΜΕ»
»Nein, ich werde erst nachsehen«, sagte sie
«Όχι, θα κοιτάξω πρώτα», είπε
"Ich werde sehen, ob die Flasche als giftig gekennzeichnet
ist oder nicht."
«Θα δω αν το μπουκάλι έχει επισημανθεί ως δηλητηριώδες
ή όχι»
weil sie die Lektion über das Gift nie vergessen hat
γιατί ποτέ δεν ξέχασε το μάθημα για το δηλητήριο
"Wenn eine Flasche als giftig gekennzeichnet ist, wird sie
Ihnen bestimmt nicht zustimmen"
"Εάν ένα μπουκάλι χαρακτηρίζεται δηλητηριώδες, είναι
βέβαιο ότι θα διαφωνήσει μαζί σας"
Diese Flasche war jedoch nicht als giftig gekennzeichnet
Ωστόσο, αυτό το μπουκάλι δεν χαρακτηρίστηκε ως
δηλητηριώδες
so wagte Alice es, den Inhalt der Flasche zu kosten
έτσι η Αλίκη τόλμησε να δοκιμάσει το περιεχόμενο του
μπουκαλιού
Sie fand die Flüssigkeit ganz nach ihrem Geschmack
Βρήκε το υγρό αρκετά της αρεσκείας της
Das Getränk hatte einen gemischten Geschmack
Το ποτό είχε ένα είδος μικτής γεύσης
Kirschkuchen, Vanillepudding und Ananas
τάρτα κερασιού, κρέμα και ανανά
Gebratener Truthahn, Toffee und Toast mit heißer Butter
Ψητή γαλοπούλα, καραμέλα και τοστ με ζεστό βούτυρο
und bald trank sie die Flasche aus
Και σύντομα τελείωσε το μπουκάλι
"Was für ein merkwürdiges Gefühl!" sagte Alice
«Τι περίεργο συναίσθημα!» είπε η Αλίκη
"Ich klappe mich zusammen wie ein Teleskop!"
«Διπλώνω σαν τηλεσκόπιο!»
Und sie faltete sich tatsächlich zusammen wie ein Teleskop!
Και πράγματι διπλωνόταν σαν τηλεσκόπιο!
Sie war jetzt nur noch zehn Zentimeter groß

Ήταν τώρα μόνο δέκα ίντσες ύψος
und ihr Gesicht erhellte sich bei ihren Gedanken
και το πρόσωπό της έλαμπε στις σκέψεις της
Jetzt hatte sie die richtige Größe für das Türchen
Τώρα ήταν το σωστό μέγεθος για τη μικρή πόρτα
Jetzt konnte sie in diesen schönen Garten gehen
Τώρα μπορούσε να πάει σε αυτόν τον υπέροχο κήπο
Bald hörte sie auf, kleiner zu werden
Σύντομα σταμάτησε να μικραίνει
Sie beschloß, sofort in den Garten zu gehen
Αποφάσισε να πάει αμέσως στον κήπο
aber wehe der armen Alice!
αλλά, αλίμονο για την καημένη την Αλίκη!
Sie kam zur Tür
Έφτασε στην πόρτα
Aber sie hatte den kleinen goldenen Schlüssel vergessen
Αλλά είχε ξεχάσει το μικρό χρυσό κλειδί
Sie ging zurück zum Tisch, um den Schlüssel zu holen
Επέστρεψε στο τραπέζι για το κλειδί
aber sie merkte, daß sie nicht hoch genug greifen konnte
Αλλά διαπίστωσε ότι δεν μπορούσε να φτάσει αρκετά ψηλά
Sie konnte den Schlüssel ganz deutlich durch das Glas sehen
Μπορούσε να δει το κλειδί αρκετά καθαρά μέσα από το γυαλί
Sie versuchte, die Beine des Tisches hinaufzuklettern
Προσπάθησε να ανέβει στα πόδια του τραπεζιού
Aber das Glas war viel zu rutschig
Αλλά το γυαλί ήταν πολύ ολισθηρό
Irgendwann erschöpfte sie sich mit dem Versuch
Τελικά κουράστηκε με την προσπάθεια
Und das arme kleine Mädchen setzte sich hin und weinte
Και το καημένο το κοριτσάκι κάθισε και έκλαψε
Alice sprach ziemlich scharf mit sich selbst
Η Αλίκη μίλησε στον εαυτό της μάλλον απότομα
"Komm, es hat keinen Zweck, so zu weinen!"
«Έλα, δεν υπάρχει λόγος να κλαις έτσι!»

"Ich rate dir, gleich aufzuhören!"
«Σας συμβουλεύω να σταματήσετε αυτό το λεπτό!»
Sie gab sich im Allgemeinen sehr gute Ratschläge
Γενικά έδινε στον εαυτό της πολύ καλές συμβουλές
obwohl sie nur sehr selten ihren eigenen Rat befolgte
Αν και πολύ σπάνια ακολουθούσε τις δικές της συμβουλές
und sie war manchmal zu streng mit sich selbst
Και μερικές φορές ήταν πολύ σκληρή με τον εαυτό της
und ihre Worte trieben ihr Tränen in die Augen
Και τα λόγια της έφεραν δάκρυα στα μάτια της
Bald fiel ihr Blick auf einen kleinen Glaskasten
Σύντομα το μάτι της έπεσε πάνω σε ένα μικρό γυάλινο κουτί
Der kleine Glaskasten lag unter dem Tisch
Το μικρό γυάλινο κουτί βρισκόταν κάτω από το τραπέζι
In dem Glaskasten befand sich ein sehr kleiner Kuchen
Στο γυάλινο κουτί υπήρχε ένα πολύ μικρό κέικ
Auf dem Kuchen waren einige Worte schön geschrieben
Στην τούρτα μερικές λέξεις ήταν όμορφα γραμμένες
die Worte waren in Johannisbeeren markiert worden
Οι λέξεις είχαν σημειωθεί στην κορινθιακή σταφίδα
"MICH ESSEN"
"ΦΆΕ ΜΕ"
"Nun, ich werde den Kuchen essen," sagte Alice
«Λοιπόν, θα φάω το κέικ», είπε η Αλίκη
"Und wenn mich der Kuchen größer werden lässt, kann ich den Schlüssel erreichen"
"και αν η τούρτα με κάνει να μεγαλώσω, μπορώ να φτάσω στο κλειδί"
"Und wenn mich der Kuchen kleiner werden lässt, kann ich unter die Tür kriechen"
"και αν το κέικ με κάνει να μικρύνω, μπορώ να σέρνω κάτω από την πόρτα"
"Also so oder so komme ich in den Garten"
"έτσι είτε αλλιώς, θα μπω στον κήπο"
"Und es ist mir egal, was von beidem passiert!"
«και δεν με νοιάζει ποιο από τα δύο συμβαίνει!»

Sie aß ein wenig von dem Kuchen

Έφαγε λίγο από το κέικ

und sie sprach ängstlich zu sich selbst:

Και μίλησε με αγωνία στον εαυτό της:

"In welche Richtung? In welche Richtung?"

«Με ποιον τρόπο; Με ποιον τρόπο;»

und sie hielt die Hand auf den Kopf

και κράτησε το χέρι της στο κεφάλι της

Sie wollte spüren, in welche Richtung sie wuchs

Ήθελε να νιώσει με ποιον τρόπο μεγάλωνε

Sie war ganz überrascht, als sie erfuhr, was geschehen war

Ήταν αρκετά έκπληκτη όταν ανακάλυψε τι είχε συμβεί

Sie war gleich groß geblieben!

Είχε παραμείνει στο ίδιο μέγεθος!

Also verdoppelte sie dieses Mal ihre Bemühungen

Έτσι, αυτή τη φορά διπλασίασε τις προσπάθειές της

Und bald war der ganze Kuchen fertig

και σύντομα τελείωσε όλη την τούρτα

Der Pool der Tränen
Η λίμνη των δακρύων

"Das wird immer interessanter!" rief Alice

«Αυτό γίνεται όλο και πιο ενδιαφέρον!» φώναξε η Αλίκη

Man kann sehen, dass sie sehr überrascht war

Μπορείτε να δείτε ότι ήταν πολύ έκπληκτη

"Ich öffne mich wie das größte Teleskop, das es je gab!"

«Ανοίγω σαν το μεγαλύτερο τηλεσκόπιο που υπήρξε ποτέ!»

»Auf Wiedersehen, Füße! Oh, meine armen kleinen Füße"

«Αντίο, πόδια! Ω, τα φτωχά μου ποδαράκια»

"Ich frage mich, wer euch jetzt die Schuhe anziehen wird, meine Lieben?"

"Αναρωτιέμαι ποιος θα βάλει τα παπούτσια σας για εσάς τώρα, αγαπητοί;"

»und ich frage mich, wer Ihre Strümpfe anziehen wird?«

"και αναρωτιέμαι ποιος θα βάλει τις κάλτσες σας;"

"Ich werde viel zu weit weg sein"

«Θα είμαι πολύ μακριά»

"Ich werde mich nicht mehr um dich kümmern können"

«Δεν θα μπορώ πια να προβληματίζομαι για σένα»

In diesem Augenblick schlug ihr Kopf gegen etwas

Ακριβώς εκείνη τη στιγμή το κεφάλι της χτύπησε πάνω σε κάτι

Sie hatte das Dach des Saales erreicht

Είχε φτάσει στην οροφή της αίθουσας

Tatsächlich war sie jetzt mehr als zwei Meter groß

Στην πραγματικότητα, ήταν τώρα πάνω από δύο μέτρα ύψος

und sie ergriff sogleich den kleinen goldenen Schlüssel

Και αμέσως πήρε το μικρό χρυσό κλειδί

und sie eilte zur Gartentür

Και έσπευσε στην πόρτα του κήπου

Arme Alice! Es gab nicht viel, was sie tun konnte

Καημένη Αλίκη! Δεν μπορούσε να κάνει πολλά

Sie legte sich auf die Seite

ξάπλωσε στη μία πλευρά

Und sie blickte mit einem Auge in den Garten hinein

Και κοίταξε μέσα στον κήπο με το ένα μάτι

Aber durchzukommen war hoffnungsloser denn je

Αλλά το να περάσεις ήταν πιο απελπιστικό από ποτέ

Sie setzte sich und fing wieder an zu weinen

Κάθισε και άρχισε να κλαίει ξανά

Sie fuhr fort, literweise Tränen zu vergießen

Συνέχισε να χύνει γαλόνια δακρύων

Bald war ein großer Pool um sie herum

Σύντομα υπήρχε μια μεγάλη πισίνα γύρω της

und das Wasser reichte bis zur Hälfte des Flurs

Και το νερό έφτασε στα μισά της αίθουσας

Nach einer Weile hörte sie ein leises Getrappel von Füßen

Μετά από λίγο, άκουσε ένα μικρό χτύπημα των ποδιών

Sie hörte die Füße aus der Ferne kommen

Άκουσε τα πόδια να έρχονται από μακριά

Und sie trocknete sich hastig die Augen, um zu sehen, was kommen würde

Και στέγνωσε βιαστικά τα μάτια της για να δει τι ερχόταν

Es war das weiße Kaninchen, das zurückkehrte

Ήταν το Λευκό Κουνέλι που επέστρεφε

Er war prächtig gekleidet

Ήταν υπέροχα ντυμένος

Er hatte ein Paar weiße Handschuhe in der einen Hand

Είχε ένα ζευγάρι λευκά γάντια στο ένα χέρι

Und in der anderen Hand hatte er einen großen Federfächer

Και είχε ένα μεγάλο ανεμιστήρα φτερών στο άλλο χέρι

Er kam in großer Eile dahergetrabt

Ήρθε τρέχοντας μαζί με μεγάλη βιασύνη

und er murmelte vor sich hin: »Ach! die Herzogin, die Herzogin!«

Και μουρμούρισε στον εαυτό του: «Ω! η Δούκισσα, η Δούκισσα!»

»Ach! wird sie nicht wild sein, wenn ich sie habe warten lassen?«

«Ω! Δεν θα είναι άγρια αν την έχω κρατήσει σε αναμονή!»

Als das Kaninchen in ihre Nähe kam, sprach Alice
Όταν το κουνέλι ήρθε κοντά της, η Αλίκη μίλησε
aber sie sprach mit leiser, schüchterner Stimme
Αλλά μίλησε με χαμηλή, δειλή φωνή
"Sir, bitte hören Sie für einen Moment auf, was Sie tun"
«Κύριε, παρακαλώ σταματήστε αυτό που κάνετε για μια στιγμή»
Das Kaninchen erschrak heftig
Το κουνέλι τρόμαξε βίαια
Er ließ die weißen Handschuhe und den Federfächer fallen
Έριξε τα λευκά γάντια και τον ανεμιστήρα φτερών
und er eilte fort in die Dunkelheit, so schnell er konnte
Και έτρεξε μακριά στο σκοτάδι όσο πιο γρήγορα μπορούσε
Alice hob den Federfächer und die Handschuhe auf
Η Αλίκη πήρε τον ανεμιστήρα φτερών και τα γάντια
Und sie fächelte sich immer wieder Luft zu, während sie sprach
Και συνέχισε να ανεμίζει τον εαυτό της ενώ συνέχιζε να μιλάει

»Liebes, liebes Kind! Wie seltsam ist das alles heute!"

«Αγαπητέ, αγαπητέ! Πόσο παράξενα είναι όλα σήμερα!»

"Gestern ging es weiter wie bisher"

«Χθες τα πράγματα συνεχίστηκαν ως συνήθως»

"War ich heute Morgen noch so, als ich aufgestanden bin?"

«Ήμουν ο ίδιος όταν σηκώθηκα σήμερα το πρωί;»

"Aber wenn ich nicht mehr derselbe bin, dann ist das eine
andere Frage"

"Αλλά αν δεν είμαι ο ίδιος, υπάρχει μια άλλη ερώτηση"

"Wer in aller Welt bin ich?"

«Ποιος στον κόσμο είμαι;»

"Ah, das ist das große Rätsel!"

«Αχ, αυτός είναι ο μεγάλος γρίφος!»

Während sie das sagte, blickte sie auf ihre Hände hinunter

Καθώς το είπε αυτό, κοίταξε κάτω τα χέρια της

Sie trug einen der kleinen weißen Handschuhe des
Kaninchens

Φορούσε ένα από τα μικρά λευκά γάντια του κουνελιού

Sie hatte nicht bemerkt, dass sie den Handschuh angezogen
hatte, während sie sprach

Δεν είχε παρατηρήσει ότι έβαλε το γάντι ενώ μιλούσε

"Wie konnte ich das machen?" dachte sie

«Πώς μπορώ να το κάνω αυτό;» σκέφτηκε

"Ich muss wieder klein werden"

«Πρέπει να μικραίνω ξανά»

Sie stand auf und ging zum Tisch, um ihre Größe zu messen

Σηκώθηκε και πήγε στο τραπέζι για να μετρήσει το ύψος
της

Sie stellte fest, dass sie jetzt etwa einen halben Meter groß
war

Διαπίστωσε ότι ήταν τώρα περίπου μισό μέτρο ύψος

und sie schrumpfte immer noch schnell

και εξακολουθούσε να συρρικνώνεται γρήγορα

Bald fand sie heraus, was die Ursache für das Schrumpfen
war

Σύντομα ανακάλυψε ποια ήταν η αιτία της συρρίκνωσης

Der Federfächer machte sie wieder kleiner!

Ο ανεμιστήρας φτερών την έκανε και πάλι μικρότερη!
Und sie ließ hastig den Federfächer fallen
Και έριξε βιαστικά τον ανεμιστήρα φτερών
Sie ließ den Federfächer gerade noch rechtzeitig fallen, um sich zu retten
Έριξε τον ανεμιστήρα φτερών εγκαίρως για να σωθεί
Hätte sie sich noch länger Luft zugefächelt, wäre sie völlig zusammengeschrumpft
Αν φανταζόταν περισσότερο, θα είχε συρρικνωθεί εντελώς
»Das war ein knappes Entkommen!« sagte Alice
«Αυτή ήταν μια στενή απόδραση!» είπε η Αλίκη
und sie erschrak sehr über die plötzliche Veränderung
Και ήταν πολύ φοβισμένη από την ξαφνική αλλαγή
aber sie war sehr froh, daß sie noch da war
Αλλά ήταν πολύ χαρούμενη που βρέθηκε ακόμα στην ύπαρξη
"Und jetzt ab in den Garten!"
«Και τώρα, φύγαμε για τον κήπο!»
Und sie lief mit aller Geschwindigkeit zurück zu der kleinen Tür
Και έτρεξε με όλη την ταχύτητα πίσω στη μικρή πόρτα
Aber ach! Das Türchen wurde wieder geschlossen
Αλλά, αλίμονο! Η μικρή πόρτα έκλεισε ξανά
Und das goldene Schlüsselchen lag wieder auf dem Glastisch
Και το μικρό χρυσό κλειδί ήταν ξαπλωμένο ξανά στο γυάλινο τραπέζι
"Es ist schlimmer als je!" dachte das arme Kind
«Τα πράγματα είναι χειρότερα από ποτέ», σκέφτηκε το καημένο το παιδί
"So klein war ich noch nie, niemals!"
«Ποτέ δεν ήμουν τόσο μικρός όσο αυτό πριν, ποτέ!»
Bei diesen Worten rutschte ihr Fuß aus
Καθώς έλεγε αυτά τα λόγια, το πόδι της γλίστρησε
Und im nächsten Augenblick gab es ein großes Plätschern!
Και σε μια άλλη στιγμή υπήρξε μια μεγάλη βουτιά!
Sie stand bis zum Kinn im Salzwasser

Ήταν μέχρι το πηγούνι της σε αλμυρό νερό
Ihre erste Idee war, dass sie irgendwie ins Meer gefallen war
Η πρώτη της ιδέα ήταν ότι είχε πέσει με κάποιο τρόπο στη θάλασσα
Sie erkannte jedoch bald, worin sie sich befand
Ωστόσο, σύντομα συνειδητοποίησε τι ήταν
Sie war in einer Tränenlache
Ήταν σε μια λίμνη δακρύων
die Tränen, die sie geweint hatte, als sie zwei Meter groß war
Τα δάκρυα που είχε κλάψει όταν ήταν δύο μέτρα ύψος

In diesem Augenblick hörte sie etwas
Ακριβώς τότε άκουσε κάτι
Etwas plätscherte im Pool herum
κάτι πιτσιλιζόταν στην πισίνα
Das Plätschern kam aus einiger Entfernung
Το πιτσίλισμα ήρθε από λίγο μακριά
und sie schwamm näher, um zu sehen, was das Plätschern war
Και κολύμπησε πιο κοντά για να δει τι ήταν το πιτσίλισμα

Bald sah sie, dass es nur eine kleine Maus war

Σύντομα είδε ότι ήταν μόνο ένα μικρό ποντίκι

Auch die kleine Maus war ins Wasser geschlüpft

Το ποντικάκι είχε γλιστρήσει κι αυτό στο νερό

Alice dachte bei sich über die Situation nach

Η Αλίκη σκέφτηκε την κατάσταση

"Würde es etwas nützen, mit dieser Maus zu sprechen?"

"Θα ήταν χρήσιμο να μιλήσω σε αυτό το ποντίκι;"

"Hier unten steht alles auf dem Kopf"

"Όλα είναι τόσο ανάποδα εδώ κάτω"

"Ich denke, es ist sehr wahrscheinlich, dass diese Maus sprechen kann."

"Θα πρέπει να σκεφτώ πολύ πιθανό αυτό το ποντίκι να μπορεί να μιλήσει"

"Es schadet jedenfalls nicht, es zu versuchen"

«Εν πάση περιπτώσει, δεν είναι κακό να προσπαθείς»

Also begann sie zu versuchen, mit der Maus zu sprechen

Έτσι άρχισε να προσπαθεί να μιλήσει στο ποντίκι

"Oh Maus, kennst du den Weg aus diesem Pool?"

"Ω Ποντίκι, ξέρεις τη διέξοδο από αυτή την πισίνα;"

"Ich bin es leid, hier herumzuschwimmen, oh Maus!"

"Είμαι πολύ κουρασμένος να κολυμπάω εδώ, Ω Ποντίκι!"

Die Maus schaute sie ziemlich neugierig an

Το ποντίκι την κοίταξε μάλλον περίεργα

Die Maus schien mit einem ihrer kleinen Augen zu blinzeln

Το ποντίκι φάνηκε να κλείνει το μάτι με ένα από τα μικρά του μάτια

Aber die kleine Maus sagte nichts

αλλά το μικρό ποντίκι δεν είπε τίποτα

"Vielleicht versteht die Maus kein Englisch!" dachte Alice

«Ίσως το ποντίκι να μην καταλαβαίνει αγγλικά», σκέφτηκε η Αλίκη

"Ich wage zu behaupten, es ist eine französische Maus"

"Τολμώ να πω ότι είναι ένα γαλλικό ποντίκι"

"Vielleicht kam diese Maus mit Wilhelm dem Eroberer herüber"

"ίσως αυτό το ποντίκι ήρθε με τον Γουλιέλμο τον

Κατακτητή"
Also fing sie wieder an, auf Französisch
Έτσι ξεκίνησε ξανά, στα γαλλικά
"Wo ist meine Katze?", fragte sie auf Französisch
«Πού είναι η γάτα μου;» ρώτησε στα γαλλικά
es war der erste Satz in ihrem französischen Unterrichtsbuch
ήταν η πρώτη πρόταση στο βιβλίο μαθημάτων γαλλικών της
Die Maus machte einen plötzlichen Sprung aus dem Wasser
Το ποντίκι έκανε ένα ξαφνικό άλμα έξω από το νερό
Und die Maus schien am ganzen Leibe vor Schreck zu zittern
Και το ποντίκι φαινόταν να τρέμει παντού με τρόμο
"Oh, ich bitte um Verzeihung!" rief Alice hastig
«Ω, ζητώ συγνώμη!» φώναξε βιαστικά η Αλίκη
Sie fürchtete, sie habe die Gefühle des armen Tieres verletzt
Φοβόταν ότι είχε πληγώσει τα συναισθήματα του φτωχού ζώου
"Ich habe ganz vergessen, dass du keine Katzen magst"
«Ξέχασα ότι δεν σου άρεσαν οι γάτες»
"Ich mag keine Katzen!" rief die Maus mit schriller, leidenschaftlicher Stimme
«Δεν μου αρέσουν οι γάτες!» φώναξε το ποντίκι με διαπεραστική, παθιασμένη φωνή
"Hättest du gerne Katzen, wenn du ich wärst?"
«Θα ήθελες γάτες, αν ήσουν εγώ;»
Alice tröstete die Maus in einem beruhigenden Ton
Η Αλίκη παρηγόρησε το ποντίκι με έναν καταπραϋντικό τόνο
"Naja, vielleicht würde ich an deiner Stelle auch keine Katzen mögen"
"Λοιπόν, ίσως δεν θα ήθελα γάτες αν ήμουν ούτε εσύ"
"Bitte ärgern Sie sich nicht über die Erwähnung von Katzen"
"Παρακαλώ μην θυμώνετε για την αναφορά των γατών"
"Und doch wünschte ich, ich könnte dir unsere Katze Dina zeigen"
"Και όμως μακάρι να μπορούσα να σας δείξω τη γάτα μας

Dinah"
"Wenn du sie treffen würdest, würdest du wohl Gefallen an Katzen finden"
"Αν τη συναντούσες, νομίζω ότι θα έπαιρνες μια φαντασία στις γάτες"
"Wenn du sie nur sehen könntest"
«Αν μπορούσες μόνο να τη δεις»
"Sie ist so ein liebes, stilles Ding"
"Είναι τόσο αγαπητό, ήσυχο πράγμα"
Die Maus zitterte am ganzen Körper
Το ποντίκι έτρεμε παντού
Alice war sich sicher, dass die Maus wirklich beleidigt sein musste
Η Αλίκη ένιωθε σίγουρη ότι το ποντίκι έπρεπε να προσβληθεί πραγματικά
"Wir reden nicht mehr über sie, wenn du lieber nicht willst"
«Δεν θα μιλήσουμε πια γι' αυτήν, αν προτιμάτε όχι»
"Wir, allerdings!" rief die Maus
«Εμείς, πράγματι!» φώναξε το ποντίκι
Die Maus zitterte bis zum Ende ihres Schwanzes
Το ποντίκι έτρεμε μέχρι την άκρη της ουράς του
»Als ob ich über so ein Thema reden würde!«
«Σαν να μιλούσα για ένα τέτοιο θέμα!»
"Unsere Familie hat Katzen schon immer gehasst"
«Η οικογένειά μας πάντα μισούσε τις γάτες»
"Katzen; Gemeine, niedrige, gemeine Dinger!"
"Γάτες; άσχημα, χαμηλά, χυδαία πράγματα!»
"Laß mich den Namen nicht noch einmal hören!"
«Μην με αφήσεις να ακούσω ξανά το όνομα!»
"Katzen will ich ja nicht mehr erwähnen!" sagte Alice
«Δεν θα αναφέρω ξανά τις γάτες!» είπε η Αλίκη
Sie hatte es sehr eilig, das Thema zu wechseln
Βιαζόταν πολύ να αλλάξει θέμα
"Bist du... Lieben Sie Hunde?«
«Είσαι... Σου αρέσουν τα σκυλιά;»
"Es gibt so einen netten kleinen Hund in der Nähe unseres Hauses."

«Υπάρχει ένα τόσο ωραίο σκυλάκι κοντά στο σπίτι μας»
"Ich möchte dir den kleinen Hund zeigen!"
«Θα ήθελα να σου δείξω το σκυλάκι!»
"Dieser kleine Hund tötet alle Ratten und...
«Αυτό το μικρό σκυλί σκοτώνει όλους τους αρουραίους και...
»O je!« rief Alice in traurigem Tone
«Ω, αγαπητή!» φώναξε η Αλίκη με θλιμμένο τόνο
»Ich fürchte, ich habe dich schon wieder beleidigt!«
«Φοβάμαι ότι σε προσέβαλα ξανά!»
Die Maus schwamm so schnell sie konnte von ihr weg
Το ποντίκι κολυμπούσε μακριά της όσο πιο γρήγορα μπορούσε
Und die Maus machte einen ziemlichen Aufruhr im Tümpel
και το ποντίκι έκανε μεγάλη αναταραχή στην πισίνα
Da rief sie leise der Maus nach
Έτσι κάλεσε απαλά μετά το ποντίκι
"Meine liebe Maus, komm bitte zurück!"
«Αγαπητό μου ποντίκι, σε παρακαλώ γύρνα πίσω!»
"Und wir werden nicht über Katzen sprechen"
"Και δεν θα μιλήσουμε για γάτες"
"Und über Hunde müssen wir auch nicht reden"
«Και δεν χρειάζεται να μιλάμε ούτε για σκύλους»
Als die Maus das hörte, drehte sie sich um
Όταν το ποντίκι το άκουσε αυτό, γύρισε
Und die kleine Maus schwamm langsam zu ihr zurück
Και το μικρό ποντίκι κολύμπησε αργά πίσω σε αυτήν
Das Gesicht der Maus war ganz blaß
Το πρόσωπο του ποντικιού ήταν αρκετά χλωμό
Und die Maus sprach mit leiser, zitternder Stimme
Και το ποντίκι μίλησε, με χαμηλή, τρεμάμενη φωνή
"Lasst uns ans Ufer gehen"
«Ας πάμε στην ακτή»
"Und dann erzähle ich dir meine Geschichte"
«και μετά θα σου πω την ιστορία μου»
"Und du wirst verstehen, warum ich Katzen und Hunde hasse"

"και θα καταλάβετε γιατί μισώ τις γάτες και τα σκυλιά"
Es war höchste Zeit zu gehen
Είχε έρθει η ώρα να φύγουμε
weil der Pool ziemlich voll wurde
επειδή η πισίνα ήταν αρκετά γεμάτη
Andere Vögel und Tiere waren in den Pool gefallen
Άλλα πουλιά και ζώα είχαν πέσει στην πισίνα
es gab eine Ente und einen Dodo
υπήρχαν μια πάπια και ένα Dodo
und da waren ein Lory-Vogel und ein Adler
και υπήρχε ένα πουλί Lory και ένας αετός
und es gab noch einige andere interessant aussehende Kreaturen
Και υπήρχαν πολλά άλλα ενδιαφέροντα πλάσματα
Alice führte den Weg aus dem Pool
Η Αλίκη οδήγησε την έξοδο από την πισίνα
und die ganze Gesellschaft der Tiere schwamm ans Ufer
και όλη η ομάδα των ζώων κολύμπησε στην ακτή

Ein Caucus-Rennen und ein langer Schwanz

Ένας αγώνας caucus και μια μακριά ουρά

Es waren in der Tat ein lustig aussehender Haufen Tiere

Ήταν πράγματι ένα αστείο μάτσο ζώων

und sie versammelten sich alle am Ufer des Wassers

Και όλοι μαζεύτηκαν στην όχθη του νερού

die Vögel hatten alle zerzauste Federn

Όλα τα πουλιά είχαν συρρικνωμένα φτερά

und die pelzigen Tiere waren durchnässt

και τα γούνινα ζώα ήταν εμποτισμένα

und alle waren triefend nass, genervt und unwohl

και όλοι έσταζαν βρεγμένοι, ενοχλημένοι και άβολα

Es gab eine Frage, die zuerst beantwortet werden musste

Υπήρχε μια ερώτηση που έπρεπε να απαντηθεί πρώτα

Was ist der beste Weg für alle, um trocken zu werden?

Ποιος είναι ο καλύτερος τρόπος για να στεγνώσουν όλοι;

Sie hatten eine Konsultation zu diesem Thema

Είχαν μια διαβούλευση σχετικά με αυτό το θέμα

Bald waren sie alle auf vertrautem Einvernehmen

Σύντομα ήταν όλοι με οικείους όρους

Es war, als ob sie sie ihr ganzes Leben lang gekannt hätte

Ήταν σαν να τους γνώριζε όλη της τη ζωή

**Die Maus schien eine Person mit einer gewissen Autorität
zu sein**
Το ποντίκι φαινόταν να είναι άτομο κάποιας εξουσίας
"Setzt euch, ihr alle, und hört mir zu!
«Καθίστε, όλοι σας, και ακούστε με!
"Ich werde euch bald wieder alle trocken machen!"
«Σύντομα θα σας κάνω όλους στεγνούς ξανά!»
Sie setzten sich alle auf einmal in einem großen Ring nieder
Όλοι κάθισαν ταυτόχρονα, σε ένα μεγάλο δαχτυλίδι
Und die kleine Maus saß in der Mitte
Και το ποντικάκι κάθισε στη μέση
"Ähm!" sagte die Maus mit einer wichtigen Miene
«Αχμ!» είπε το ποντίκι με σημαντικό αέρα
"Seid ihr bereit?"
"Είστε όλοι έτοιμοι;"
"Das ist das Trockenste, was ich kenne"
"Αυτό είναι το πιο ξηρό πράγμα που ξέρω"
»Schweigen Sie ringsum, wenn Sie wollen!«
«Σιωπή παντού, αν θέλετε!»
"Wilhelm der Eroberer wurde vom Papst begünstigt"
«Ο Γουλιέλμος ο Κατακτητής ευνοήθηκε από τον πάπα»
"aber er wurde bald von den Engländern unterworfen"
"αλλά σύντομα υποτάχθηκε από τους Άγγλους"
"Sie wollten in letzter Zeit Führer"
«Ήθελαν ηγέτες τελευταία»
"Und sie waren an Macht und Eroberung gewöhnt"
«Και είχαν συνηθίσει στην εξουσία και την κατάκτηση»
**"Edwin und Morcar, die Grafen von Mercia und
Northumbria"**
"Edwin και Morcar, οι κόμητες της Mercia και Northumbria"
»Pfui!« sagte der Lori-Vogel mit einem Schauer
«Ωχ!» είπε το πουλί λόρι, με ρίγος
**"und sogar Stigand, der patriotische Erzbischof von
Canterbury"**
"και ακόμη και ο Stigand, ο πατριώτης αρχιεπίσκοπος του
Canterbury"
"Er fand es auch ratsam"

«Το βρήκε επίσης σκόπιμο»
"Was hielt er für ratsam?" fragte die Ente
«Τι βρήκε σκόπιμο;» είπε η πάπια
"Er fand es ratsam", antwortete die Maus ziemlich verärgert
«Το βρήκε σκόπιμο», απάντησε το ποντίκι μάλλον σταυρωτά
aber die Ente war nicht zufrieden
Αλλά η πάπια δεν ήταν ικανοποιημένη
"Natürlich weißt du, was 'es' bedeutet"
«Φυσικά, ξέρετε τι σημαίνει "αυτό"»
"Ich weiß, was es ist, wenn ich etwas finde," sagte die Ente
«Ξέρω τι είναι όταν βρίσκω κάτι», είπε η πάπια
"Es ist in der Regel ein Frosch oder ein Wurm"
"Είναι γενικά ένας βάτραχος ή ένα σκουλήκι"
"Die Frage ist, was hat der Erzbischof gefunden?"
«Το ερώτημα είναι, τι βρήκε ο αρχιεπίσκοπος;»
Die Maus bemerkte diese Frage nicht
Το ποντίκι δεν παρατήρησε αυτήν την ερώτηση
Stattdessen fuhr die Maus hastig mit der Rede fort
Αντ 'αυτού, το ποντίκι συνέχισε βιαστικά την ομιλία
"Er fand es ratsam, mit Edgar Atheling zu gehen"
"θεώρησε σκόπιμο να πάει με τον Edgar Atheling"
"um William zu treffen und ihm die Krone anzubieten"
«να συναντήσει τον Γουίλιαμ και να του προσφέρει το στέμμα»
fuhr die Maus fort und wandte sich dabei an Alice
το ποντίκι συνέχισε, γυρίζοντας προς την Αλίκη καθώς μιλούσε
»Wie geht es dir jetzt, meine Liebe?«
«Πώς τα πας τώρα, αγαπητέ μου;»
»So naß wie immer,« sagte Alice in melancholischem Tone
«Τόσο υγρή όσο ποτέ», είπε η Αλίκη με μελαγχολικό τόνο
"Diese Geschichte scheint mich überhaupt nicht auszutrocknen"
«Αυτή η ιστορία δεν φαίνεται να με στεγνώνει καθόλου»
»In diesem Falle,« sagte der Dodo feierlich und erhob sich
«Σε αυτή την περίπτωση», είπε το ντόντο επίσημα,

σηκώνοντας τα πόδια του
"Ich stimme dafür, dass die Sitzung vertagt wird"
«Ψηφίζω τη διακοπή της συνεδρίασης»
"und ich schlage vor, sofort energischere Heilmittel zu ergreifen"
«και προτείνω την άμεση υιοθέτηση πιο ενεργητικών θεραπειών»
"Sprich wahre Worte!" sagte der Adler
«Πες αληθινά λόγια!» είπε ο αετός
"Ich weiß nicht, was die Hälfte dieser langen Worte bedeutet"
«Δεν ξέρω το νόημα των μισών από αυτές τις μεγάλες λέξεις»
»und außerdem glaube ich nicht, daß Sie es wissen!«
"και, επιπλέον, δεν πιστεύω ότι ξέρεις ούτε!"
»Was ich sagen wollte«, sagte der Dodo in beleidigtem Ton
«Τι θα έλεγα», είπε ο ντόντο με προσβεβλημένο τόνο
"Das Beste, was uns trocken kriegt, wäre ein Caucus-Rennen"
"Το καλύτερο πράγμα για να μας στεγνώσει θα ήταν ένας αγώνας caucus"
»Was ist ein Caucus-Rennen?« fragte Alice
«Τι είναι η φυλή caucus;» είπε η Αλίκη

"Nun", sagte der Dodo, "der beste Weg, es zu erklären, ist, es
zu tun."
«Λοιπόν», είπε ο ντόντο, «ο καλύτερος τρόπος για να το
εξηγήσεις είναι να το κάνεις»
"Zuerst steckte der Dodo eine Rennbahn ab"
"Πρώτα το ντόντο χάραξε μια πίστα αγώνων"
"Die Strecke verlief in einer Art Kreis"
«Η πίστα ήταν σε ένα είδος κύκλου»
"Und dann wurde die ganze Gesellschaft entlang der Strecke
platziert"
«Και τότε όλο το κόμμα τοποθετήθηκε κατά μήκος της
πορείας»
Es gab kein "Eins, zwei, drei und weg!"
Δεν υπήρχε «Ένα, δύο, τρία και μακριά!»
aber sie fingen an zu rennen, wann sie wollten
Αλλά άρχισαν να τρέχουν όταν τους άρεσε
Und sie beendeten auch, wenn sie wollten
και τελείωσαν επίσης όταν τους άρεσε
Es war also nicht einfach zu wissen, wann das Rennen
vorbei war
Έτσι, δεν ήταν εύκολο να γνωρίζουμε πότε τελείωσε ο
αγώνας
Nach etwa einer halben Stunde Laufen waren sie alle
ziemlich trocken
Μετά από μισή ώρα περίπου τρεξίματος ήταν όλα αρκετά
στεγνά
der Dodo rief plötzlich: "Das Rennen ist vorbei!"
Το ντόντο φώναξε ξαφνικά: «Ο αγώνας τελείωσε!»
Und sie drängten sich alle um den Dodo
Και όλοι συνωστίζονταν γύρω από το dodo
Alle Tiere hechelten und schnauften
Όλα τα ζώα λαχάνιαζαν και φούσκωναν
und sie alle wollten wissen: "Aber wer hat gewonnen?"
Και όλοι ήθελαν να μάθουν: «Μα ποιος κέρδισε;»
Diese Frage konnte der Dodo nicht sofort beantworten
Αυτή η ερώτηση το dodo δεν μπορούσε να απαντήσει
αμέσως

Zuerst musste er sehr viel nachdenken

Πρώτα έπρεπε να σκεφτεί πολύ

Nach langem Nachdenken sprach der Dodo schließlich

Μετά από πολλή σκέψη, το dodo τελικά μίλησε

"Jeder hat gewonnen, und jeder muss Preise haben"

«Όλοι έχουν κερδίσει και όλοι πρέπει να έχουν βραβεία»

»Aber wer soll die Preise geben?« fragte ein Chor von Stimmen

«Αλλά ποιος θα δώσει τα βραβεία;» ρώτησε μια χορωδία φωνών

"Nun, sie natürlich", sagte der Dodo

«Λοιπόν, αυτή, φυσικά», είπε το ντόντο

und der Dodo deutete mit einem Finger auf Alice

και το ντόντο έδειξε με το ένα δάχτυλο την Αλίκη

und die ganze Gesellschaft von Tieren drängte sich um sie

και όλη η ομάδα των ζώων συνωστίστηκε γύρω της

sie riefen verwirrt: »Preise! Preise!"

φώναζαν, με συγκεχυμένο τρόπο, «Βραβεία! Βραβεία!»

Alice hatte keine Ahnung, was sie tun sollte

Η Αλίκη δεν είχε ιδέα τι να κάνει

Verzweifelt steckte sie die Hand in die Tasche

Μέσα στην απελπισία έβαλε το χέρι στην τσέπη της

Und sie zog eine Schachtel mit Süßigkeiten hervor

και έβγαλε ένα κουτί γλυκά

Glücklicherweise war das Salzwasser nicht in den Kasten gelangt

Ευτυχώς το αλμυρό νερό δεν είχε μπει στο κουτί

Und sie reichte die Süßigkeiten als Preise herum

και έδωσε τα γλυκά γύρω ως βραβεία

Es gab genau ein Stück für jeden

Υπήρχε ακριβώς ένα κομμάτι για όλους

Das nächste, was sie tun mussten, war, die Süßigkeiten zu essen

Το επόμενο πράγμα που έπρεπε να κάνουν ήταν να φάνε τα γλυκά

Dies verursachte einige Geräusche und Verwirrung

Αυτό προκάλεσε κάποιο θόρυβο και σύγχυση

Die großen Vögel klagten, dass sie ihre Süßigkeiten nicht schmecken konnten

Τα μεγάλα πουλιά παραπονέθηκαν ότι δεν μπορούσαν να δοκιμάσουν τα γλυκά τους

Die Kleinen verschluckten sich und mussten auf den Rücken geklopft werden

Τα μικρά πνίγηκαν και έπρεπε να χτυπηθούν στην πλάτη

Doch dann war es endlich vorbei

Ωστόσο, τελείωσε επιτέλους

Und sie setzten sich wieder in einem Ring nieder

Και κάθισαν πάλι σε ένα δαχτυλίδι

Und sie flehten die Maus an, ihnen noch etwas zu erzählen

Και παρακάλεσαν το ποντίκι να τους πει κάτι περισσότερο

»Du hast versprochen, mir deine Geschichte zu erzählen, weißt du,« sagte Alice

«Υποσχέθηκες να μου πεις την ιστορία σου, ξέρεις», είπε η Αλίκη

und sie machte noch eine kleine Bemerkung über Katzen im Flüsterton

Και έκανε μια άλλη μικρή παρατήρηση για τις γάτες ψιθυριστά

Sie wollte die Maus nicht noch einmal beleidigen

Δεν ήθελε να προσβάλει ξανά το ποντίκι

die kleine Maus drehte sich zu Alice um und seufzte

το ποντικάκι γύρισε στην Αλίκη και αναστέναξε

"Meine Geschichte ist lang und traurig!"

«Η δική μου είναι μια μακρά και θλιβερή ιστορία!»

»Es ist gewiß ein langer Schwanz,« sagte Alice

«Είναι μια μακριά ουρά, σίγουρα», είπε η Αλίκη

Und sie blickte verwundert auf den Schwanz der Maus hinunter

Και κοίταξε κάτω με θαυμασμό την ουρά του ποντικιού

"Aber warum nennst du es einen traurigen Schwanz?"

"Αλλά γιατί το αποκαλείς λυπημένη ουρά;"

Und sie rätselte unaufhörlich, während die Maus sprach

Και συνέχισε να προβληματίζεται γι 'αυτό ενώ το ποντίκι μιλούσε

so daß ihre Vorstellung von der Geschichte ungefähr so aussah

έτσι ώστε η ιδέα της για την ιστορία ήταν κάπως έτσι:

<pre>
            "Fury said to
          a mouse, That
             he met in the
                house, 'Let
                   us both go
                      to law: *I*
                        will prosecute
                        you.—
                        Come, I'll
                     take no denial:
                  We must have
                the trial;
              For really
            this morning
        I've
      nothing
      to do.'
            Said the
                mouse to
                    the cur,
                      'Such a
                        trial, dear
                          sir, With
                              no jury
                                or judge,
                                would
                                be wasting
                            our
                   breath.'
                'I'll be
              judge,
            I'll be
        jury,'
      said
      cunning
        old
          Fury;
            'I'll
               try
                  the
                    whole
                      cause,
                      and
                    condemn
                   you to
       death.'"
</pre>

Fury sagte zu einer Maus, die er im Haus getroffen hat."

Η οργή είπε σε ένα ποντίκι, ότι συναντήθηκε στο σπίτι"

Lasst uns beide vor Gericht gehen: Ich werde euch anklagen

Ας πάμε και οι δύο στο νόμο: θα σας διώξω

Kommen Sie, ich leugne es nicht: Wir müssen den Prozeß

haben

Ελάτε, δεν θα δεχτώ καμία άρνηση: Πρέπει να κάνουμε τη δίκη

Denn heute morgen habe ich wirklich nichts zu tun

Γιατί πραγματικά σήμερα το πρωί δεν έχω τίποτα να κάνω

Sagte die Maus zum Pfarrer;

Είπε το ποντίκι στο cur?

Ein solcher Prozeß, lieber Herr, ohne Geschworene und Richter, würde uns den Atem rauben

Μια τέτοια δίκη, αγαπητέ κύριε, χωρίς ενόρκους ή δικαστές, θα χάναμε την ανάσα μας

»Ich werde Richter sein, ich werde Geschworener sein«, sagte der schlaue alte Fury

«Θα είμαι κριτής, θα είμαι ένορκος», είπε πονηρά ο γερο-Φιούρι

Ich werde die ganze Sache prüfen und dich zum Tode verurteilen

Θα δικάσω όλη την υπόθεση και θα σε καταδικάσω σε θάνατο

die Maus sprach streng zu Alice

το ποντίκι μίλησε αυστηρά στην Αλίκη

"Du passt nicht auf!"

«Δεν δίνεις σημασία!»

"Woran denkst du?"

«Τι σκέφτεσαι;»

»Ich bitte um Verzeihung,« sagte Alice sehr demütig

«Ζητώ συγνώμη», είπε η Αλίκη πολύ ταπεινά

»Sie waren in der fünften Kurve angelangt, glaube ich?«

«Είχες φτάσει στην πέμπτη στροφή, νομίζω;»

"Du beleidigst mich, indem du so einen Unsinn redest!"

«Με προσβάλλετε λέγοντας τέτοιες ανοησίες!»

Und die Maus stand auf und ging weg

Και το ποντίκι σηκώθηκε και έφυγε

Alice rief der kleinen Maus hinterher

Η Αλίκη κάλεσε το μικρό ποντίκι

"Bitte komm zurück und beende deine Geschichte!"

«Παρακαλώ επιστρέψτε και τελειώστε την ιστορία σας!»

Und die andern stimmten alle in den Chor ein

Και όλοι οι άλλοι ενώθηκαν εν χορώ

"Ja, bitte beenden Sie Ihre Geschichte!"

«Ναι, παρακαλώ τελειώστε την ιστορία σας!»

Aber die Maus schüttelte nur ungeduldig den Kopf

Αλλά το ποντίκι κούνησε μόνο το κεφάλι του ανυπόμονα

Und die kleine Maus ging ein wenig schneller

και το μικρό ποντίκι περπάτησε λίγο πιο γρήγορα

"Ich wünschte, ich hätte Dinah, unsere Katze, hier!" sagte Alice

«Μακάρι να είχα την Ντίνα, τη γάτα μας, εδώ!» είπε η Αλίκη

Dies erregte in der Partei ein bemerkenswertes Aufsehen

Αυτό προκάλεσε μια αξιοσημείωτη αίσθηση μεταξύ του κόμματος

Einige der Vögel eilten sofort davon

Μερικά από τα πουλιά έσπευσαν αμέσως

und ein Kanarienvogel rief mit zitternder Stimme seinen Kindern zu;

Και ένα καναρίνι φώναξε με τρεμάμενη φωνή, στα παιδιά του.

»Kommt fort, meine Lieben!«

«Φύγε, αγαπητοί μου!»

"Es ist höchste Zeit, dass ihr alle im Bett seid!"

«Ήρθε η ώρα να είστε όλοι στο κρεβάτι!»

Mit verschiedenen Ausreden gingen sie alle weg

Με διάφορες δικαιολογίες έφυγαν όλοι

und Alice war bald allein

και η Αλίκη σύντομα έμεινε μόνη

"Ich wünschte, ich hätte Dina nicht erwähnt!"

«Μακάρι να μην είχα αναφέρει την Ντίνα!»

"Niemand scheint sie hier unten zu mögen"

«Κανείς δεν φαίνεται να την συμπαθεί εδώ κάτω»

"Aber ich bin mir sicher, dass sie die beste Katze von der Welt ist!"

«αλλά είμαι σίγουρος ότι είναι η καλύτερη γάτα στον κόσμο!»

Die arme Alice fing wieder an zu weinen

Η καημένη η Αλίκη άρχισε να κλαίει ξανά

weil sie sich sehr einsam und niedergeschlagen fühlte

επειδή ένιωθε πολύ μόνη και με χαμηλό πνεύμα

Nach einer Weile aber hörte sie wieder etwas

Σε λίγο, όμως, άκουσε πάλι κάτι

ein leises Getrappel von Schritten in der Ferne

Ένα μικρό χτύπημα των βημάτων στο βάθος

und sie blickte eifrig auf

Και κοίταξε ψηλά με ανυπομονησία

Der Hase schickt den kleinen Mr. Bill herein
Το κουνέλι στέλνει τον μικρό κύριο Μπιλ

Es war das weiße Kaninchen, das langsam wieder zurücktrabte

Ήταν το λευκό κουνέλι, που έτρεχε αργά πίσω και πάλι

Er sah sich ängstlich um, während er ging

Κοιτούσε με αγωνία καθώς πήγαινε

Er sah aus, als hätte er etwas verloren

Έμοιαζε σαν να είχε χάσει κάτι

Alice hörte, wie er vor sich hin murmelte

Η Αλίκη τον άκουσε να μουρμουρίζει στον εαυτό του

»Die Herzogin! Die Herzogin! Oh, meine lieben Pfoten!"

«Η Δούκισσα! Η Δούκισσα! Ω, αγαπητά μου πόδια!»

"Oh, mein Fell und meine Schnurrhaare!"

«Ω, η γούνα και τα μουστάκια μου!»

"Sie wird mich hinrichten lassen, da bin ich mir sicher"

«Θα με εκτελέσει, είμαι σίγουρος γι' αυτό»

"Genauso sicher, wie Frettchen Frettchen sind!"

"Τόσο σίγουρος όσο τα κουνάβια είναι κουνάβια!"

"Wo kann ich meine Sachen abgestellt haben, frage ich

mich?"

«Πού μπορώ να έχω ρίξει τα πράγματά μου, αναρωτιέμαι;»

Alice erriet in einem Augenblick, was er suchte

Η Αλίκη μάντεψε σε μια στιγμή τι έψαχνε

Er war auf der Suche nach dem Federfächer

Έψαχνε για τον ανεμιστήρα φτερών

Und er suchte nach dem Paar weißer Handschuhe

και έψαχνε για το ζευγάρι λευκά γάντια

So machte sie sich sehr gutmütig auf die Suche nach den Handschuhen

Έτσι πολύ καλοπροαίρετα άρχισε να ψάχνει για τα γάντια

Und sie suchte auch nach dem Federfächer

Και έψαξε και για τον ανεμιστήρα φτερών

Aber die Handschuhe und der Federfächer waren nirgends zu sehen

Αλλά τα γάντια και ο ανεμιστήρας φτερών δεν ήταν πουθενά

Alles schien sich verändert zu haben, seit sie im Pool geschwommen war

Όλα έμοιαζαν να έχουν αλλάξει από τότε που έκανε το μπάνιο της στην πισίνα

Nichts war mehr so, wie es war, seit sie in der Großen Halle gewesen war

Τίποτα δεν ήταν το ίδιο από τότε που βρισκόταν στη Μεγάλη Αίθουσα

und der Glastisch war verschwunden

και το γυάλινο τραπέζι είχε εξαφανιστεί

Und die kleine Tür war auch nicht da

Και η μικρή πόρτα δεν ήταν ούτε εκεί

Sehr bald bemerkte das Kaninchen Alice

Πολύ σύντομα το κουνέλι παρατήρησε την Αλίκη

rief er ihr in zornigem Ton zu

Της φώναξε με θυμωμένο τόνο

"Mary Ann, was machst du hier draußen?"

«Μαίρη Ανν, τι κάνεις εδώ έξω;»

"Lauf in diesem Moment nach Hause"

«Τρέξε σπίτι αυτή τη στιγμή»

"Und hol mir ein Paar Handschuhe und einen Federfächer!"
«Και φέρτε μου ένα ζευγάρι γάντια και έναν ανεμιστήρα φτερών!»
"Und beeil dich!"
"Και να είστε γρήγοροι γι 'αυτό!"
Alice sprach mit sich selbst, als sie davonrannte
Η Αλίκη μιλούσε στον εαυτό της καθώς έφευγε τρέχοντας
"Er muss mich für sein Hausmädchen gehalten haben!"
«Πρέπει να με μπέρδεψε με την υπηρέτριά του!»
"Wie überrascht wird er sein, wenn er herausfindet, wer ich bin!"
«Πόσο έκπληκτος θα εκπλαγεί όταν ανακαλύψει ποιος είμαι!»
Während sie dies sagte, stieß sie auf ein hübsches Häuschen
Καθώς το είπε αυτό, βρήκε ένα τακτοποιημένο μικρό σπίτι
An der Tür des Hauses hing eine helle Messingplatte
Στην πόρτα του σπιτιού υπήρχε μια φωτεινή ορειχάλκινη πλάκα
"W. HASE"
"W. ΚΟΥΝΈΛΙ"
Sie trat ein, ohne an die Tür zu klopfen
Μπήκε μέσα χωρίς να χτυπήσει την πόρτα
und sie eilte geradewegs die Treppe hinauf
Και έσπευσε κατευθείαν στον επάνω όροφο
sie machte sich Sorgen, dass sie die echte Mary Ann treffen könnte
ανησυχούσε ότι θα μπορούσε να συναντήσει την πραγματική Mary Ann
denn dann würde sie aus dem Haus gejagt werden
γιατί τότε θα την έδιωχναν από το σπίτι
Und sie würde den Federfächer und die Handschuhe nicht finden können
Και δεν θα μπορούσε να βρει τον ανεμιστήρα φτερών και τα γάντια
Alice hatte den Weg in ein aufgeräumtes Kämmerlein gefunden
Η Αλίκη είχε βρει το δρόμο της σε ένα τακτοποιημένο μικρό

δωμάτιο
Im Zimmer stand ein Tisch am Fenster
Στο δωμάτιο υπήρχε ένα τραπέζι δίπλα στο παράθυρο
und auf dem Tisch stand ein Federfächer
και στο τραπέζι ήταν ένας ανεμιστήρας φτερών
Und da waren zwei oder drei Paar winzige weiße Handschuhe
Και υπήρχαν δύο ή τρία ζευγάρια μικροσκοπικά λευκά γάντια
Sie hob den Federfächer und ein Paar Handschuhe auf
Πήρε τον ανεμιστήρα φτερών και ένα ζευγάρι γάντια
und sie war eben im Begriff, das Zimmer zu verlassen
Και ήταν έτοιμη να φύγει από το δωμάτιο
Aber dann fiel ihr Blick auf ein Fläschchen
Αλλά τότε τα μάτια της έπεσαν πάνω σε ένα μικρό μπουκάλι
Sie entkorkte die Flasche und führte sie an ihre Lippen
Ξεκούμπωσε το μπουκάλι και το έβαλε στα χείλη της
"Ich hoffe, dass ich dadurch wieder groß werde"
«Ελπίζω ότι θα με κάνει να μεγαλώσω ξανά»
"Ich bin es leid, so ein winziges Ding zu sein!"
«Κουράστηκα να είμαι τόσο μικρό πράγμα!»
Alice hatte kaum die halbe Flasche getrunken
Η Αλίκη δεν είχε πιει σχεδόν καθόλου το μισό μπουκάλι
Ihr Kopf drückte bereits gegen die Decke
Το κεφάλι της πίεζε ήδη το ταβάνι
und sie musste sich bücken
Και έπρεπε να σκύψει κάτω
um ihr das Genick vor dem Genickbruch zu bewahren
για να σώσει το λαιμό της από το σπάσιμο
Hastig stellte sie die Flasche ab
Έβαλε βιαστικά κάτω το μπουκάλι
"Das reicht"
"Αυτό είναι αρκετό"
"Ich hoffe, ich wachse nicht mehr"
«Ελπίζω να μην μεγαλώσω άλλο»
Leider! Es war zu spät, das zu wünschen!

Αλίμονο! Ήταν πολύ αργά για να το ευχηθούμε!
Sie wuchs und wuchs weiter
Συνέχισε να μεγαλώνει και να μεγαλώνει
und sehr bald musste sie sich auf den Boden knien
Και πολύ σύντομα έπρεπε να γονατίσει στο πάτωμα
und selbst dann wuchs sie weiter
Και ακόμα και τότε συνέχισε να μεγαλώνει
Als letztes Mittel streckte sie einen Arm aus dem Fenster
Ως τελευταίο πόρο έβαλε το ένα χέρι έξω από το παράθυρο
und sie setzte einen Fuß auf den Schornstein
και έβαλε το ένα πόδι πάνω στην καμινάδα
"Jetzt kann ich nicht mehr, was auch immer passiert"
«Τώρα δεν μπορώ να κάνω περισσότερα, ό,τι κι αν συμβεί»
»Was wird aus mir?«
«Τι θα απογίνω εγώ;»

Alice hatte Glück

Η Αλίκη είχε ένα σημείο τύχης

Das kleine Zauberfläschchen hatte seine volle Wirkung entfaltet

Το μικρό μαγικό μπουκάλι είχε την πλήρη επίδρασή του

und Alice wurde nicht größer, als sie war

και η Αλίκη δεν μεγάλωσε περισσότερο από ό, τι ήταν

Nach ein paar Minuten hörte sie draußen eine Stimme

Μετά από λίγα λεπτά άκουσε μια φωνή έξω

Und sie blieb stehen, um der Stimme zu lauschen

και σταμάτησε να ακούσει τη φωνή

»Mary Ann! Mary Ann!« sagte die Stimme

«Μαίρη Ανν! Μαίρη Ανν!» είπε η φωνή

"Hol mir gleich meine Handschuhe!"

«Φέρε μου τα γάντια μου αυτή τη στιγμή!»

Dann ertönte ein leises Getrappel von Füßen auf der Treppe

Στη συνέχεια ήρθε ένα μικρό χτύπημα των ποδιών στις σκάλες

Alice wusste, dass es das Kaninchen war, das kam, um sie zu suchen

Η Αλίκη ήξερε ότι ήταν το κουνέλι που ερχόταν να την ψάξει

und sie zitterte, bis sie das Haus erschütterte

Και έτρεμε μέχρι που ταρακούνησε το σπίτι

Sie vergaß ganz, welche Proportionen sie hatte

Ξέχασε ποιες ήταν οι αναλογίες της

Sie war tausendmal so groß wie das Kaninchen

Ήταν χίλιες φορές μεγαλύτερη από το κουνέλι

und sie hatte keinen Grund, sich vor einem Kaninchen zu fürchten

Και δεν είχε κανένα λόγο να φοβάται ένα κουνέλι

Bald kam das Kaninchen an die Tür heran

Σύντομα το κουνέλι ήρθε στην πόρτα

Und das kleine Kaninchen versuchte, die Tür zu öffnen

Και το μικρό κουνέλι προσπάθησε να ανοίξει την πόρτα

Die Tür begann sich nach innen zu öffnen

Η πόρτα άρχισε να ανοίγει προς τα μέσα

aber Alices Ellbogen wurde hart gegen die Tür gedrückt

αλλά ο αγκώνας της Αλίκης πιέστηκε δυνατά στην πόρτα

Dieser Versuch erwies sich als Fehlschlag

Αυτή η προσπάθεια αποδείχθηκε αποτυχημένη

Alice hörte, wie das Kaninchen mit sich selbst sprach

Η Αλίκη άκουσε το κουνέλι να μιλάει στον εαυτό του

"Dann gehe ich herum und steige durch das Fenster ein"

«Μετά θα πάω και θα μπω από το παράθυρο»

"Das wirst du nicht!" dachte Alice

«Ότι δεν θα το κάνεις!» σκέφτηκε η Αλίκη

und sie wartete wieder ein wenig

και περίμενε λίγο ξανά

Bald hörte sie das Kaninchen gerade unter dem Fenster

Σύντομα άκουσε το κουνέλι ακριβώς κάτω από το παράθυρο

Plötzlich streckte sie ihre Hand aus

Ξαφνικά άπλωσε το χέρι της

Und sie machte einen Sprung in die Luft

και έκανε μια αρπαγή στον αέρα

Sie bekam nichts in die Finger

Δεν πήρε τίποτα στα χέρια της

aber sie hörte einen kleinen Schrei und einen Sturz

Αλλά άκουσε μια μικρή κραυγή και μια πτώση

und sie hörte ein Krachen von zerbrochenem Glas

και άκουσε μια συντριβή σπασμένου γυαλιού

Vielleicht war das Kaninchen gefallen

Ίσως το κουνέλι να είχε πέσει

Vielleicht war er in einem Gewächshaus

Ίσως ήταν σε ένα θερμοκήπιο

Dann ertönte eine zornige Stimme; Die Stimme des Kaninchens

Μετά ακούστηκε μια θυμωμένη φωνή. Η φωνή του κουνελιού

"Pat, wo bist du?"

"Pat, πού είσαι;"

Und dann ertönte eine Stimme, die sie noch nie zuvor gehört hatte

Και τότε ήρθε μια φωνή που δεν είχε ακούσει ποτέ πριν
"Euer Ehren, ich bin hier!"
«Τιμή σας, είμαι εδώ!»
"Ich grabe nach Äpfeln"
«Σκάβω μήλα»
»Hier! Komm und hilf mir da raus!"
«Εδώ! Ελάτε να με βοηθήσετε να βγω από αυτό!»
»Nun sag mir, Pat, was ist das da im Fenster?«
«Τώρα πες μου, Πατ, τι είναι αυτό στο παράθυρο;»
"Sicher, Euer Ehren, ich werde es Ihnen sagen"
«Σίγουρα, τιμή σου, θα σου πω»
"Das ist ein Arm, der im Fenster steckt!"
«Είναι ένα χέρι που είναι στο παράθυρο!»
"Na ja, da hat ein Arm nichts zu suchen"
"Λοιπόν, ένα χέρι δεν έχει καμία δουλειά εκεί"
"Geh und nimm den Arm weg!"
«Πήγαινε και πάρε το χέρι μακριά!»
Hierauf trat ein langes Schweigen ein
Υπήρξε μια μακρά σιωπή μετά από αυτό
und Alice konnte nur ab und zu ein Flüstern hören
και η Αλίκη άκουγε μόνο ψιθύρους πού και πού
und endlich streckte sie die Hand wieder aus
Και επιτέλους άπλωσε ξανά το χέρι της
Und sie machte einen weiteren Sprung in die Luft
Και έκανε άλλη μια αρπαγή στον αέρα
Diesmal gab es zwei kleine Schreie
Αυτή τη φορά υπήρχαν δύο μικρές κραυγές
und es gab noch mehr Geräusche von zerbrochenem Glas
και υπήρχαν περισσότεροι ήχοι σπασμένου γυαλιού
"Ich möchte wohl wissen, was sie nun tun werden!" dachte Alice
«Αναρωτιέμαι τι θα κάνουν μετά!» σκέφτηκε η Αλίκη
"Ich wünschte, sie würden mich aus dem Fenster ziehen"
«Μακάρι να με έβγαζαν από το παράθυρο»
Sie wartete eine Weile
Περίμενε αρκετή ώρα
aber eine Weile hörte sie nichts mehr

Αλλά για λίγο δεν άκουσε τίποτα περισσότερο
Endlich ertönte das Rumpeln kleiner Rädchen
Επιτέλους ήρθε ένα βουητό από μικρούς τροχούς
Und da ertönten viele Stimmen
Και ακούστηκε ο ήχος πολλών φωνών
Alle Stimmen sprachen miteinander
Όλες οι φωνές μιλούσαν μαζί
Sie konnte einige der Worte verstehen
Θα μπορούσε να διακρίνει μερικές από τις λέξεις
"Wo ist die andere Leiter?"
"Πού είναι η άλλη σκάλα;"
"Bill hat die andere Leiter"
«Ο Μπιλ έχει την άλλη σκάλα»
"Bill, komm her!"
«Μπιλ, έλα εδώ!»
"Wird das Dach die Last tragen?"
"Θα αντέξει η οροφή το φορτίο;"
"Wer will schon den Schornstein hinuntergehen?"
"Ποιος θέλει να κατέβει από την καμινάδα;"
»Nein, das werde ich nicht! Du machst es!"
«Όχι, δεν θα το κάνω! Το κάνεις!»
»Hier, Bill!«
«Εδώ, Μπιλ!»
"Der Meister sagt, du musst in den Schornstein hinunter!"
«Ο αφέντης λέει ότι πρέπει να κατέβεις από την
καμινάδα!»
**Alice zog ihren Fuß so weit den Schornstein hinab, wie sie
konnte**
Η Αλίκη τράβηξε το πόδι της όσο πιο κάτω μπορούσε από
την καμινάδα
Und dann wartete sie, was kommen würde
Και μετά περίμενε να δει τι ερχόταν
Sie hörte ein kleines Tier kratzen und krabbeln
Άκουσε ένα μικρό ζώο να ξύνεται και να ανακατεύεται
Das Tierchen muss sich im Schornstein befinden
το μικρό ζώο πρέπει να βρίσκεται στην καμινάδα
dann gab sie einen scharfen Tritt

Στη συνέχεια έδωσε μια απότομη κλωτσιά
Und sie wartete ab, was als nächstes geschehen würde
Και περίμενε να δει τι θα συνέβαινε στη συνέχεια
Sie hörte einen allgemeinen Chor von Stimmen
Άκουσε μια γενική χορωδία φωνών
"Da geht Bill!", sagten alle
«Πάει Μπιλ!» είπαν όλοι
Dann hörte sie allein die Stimme des Kaninchens
Τότε άκουσε μόνο τη φωνή του κουνελιού
"Du an der Hecke, fang ihn!"
«Εσύ από το φράχτη, πιάσε τον!»
Es trat wieder ein Augenblick des Schweigens ein
Τηρήθηκε ενός λεπτού σιγή
Und dann gab es wieder ein Stimmengewirr
Και τότε υπήρξε μια άλλη σύγχυση φωνών
"Halt seinen Kopf hoch, Brandy"
«Σήκωσε ψηλά το κεφάλι του, Μπράντι»
"Pass auf, dass du ihn nicht würgst"
«Πρόσεχε να μην τον πνίξεις»
"Was ist mit dir passiert?"
«Τι σου συνέβη;»
Zuletzt kam eine kleine, schwache, quietschende Stimme
Τελευταία ήρθε μια λίγο αδύναμη, τσιριχτή φωνή
"Nun, ich weiß es kaum mehr"
"Λοιπόν, δεν ξέρω πια"
"Danke euch allen, mir geht es jetzt besser"
«Σας ευχαριστώ όλους, είμαι καλύτερα τώρα»
"Es gibt eine Sache, an die ich mich erinnern kann"
«Υπάρχει ένα πράγμα που μπορώ να θυμηθώ»
"Irgendetwas kommt auf mich zu wie ein Zug im Tunnel"
"Κάτι έρχεται σε μένα σαν ένα τρένο σε ένα τούνελ"
"Und ich fliege hoch wie eine Rakete!"
«Και ψηλά πετάω σαν πύραυλος του ουρανού!»
Es gab ein oder zwei Minuten des Schweigens
Τηρήθηκε ενός ή δύο λεπτών σιγή
Und dann fingen sie wieder an, sich zu bewegen
Και μετά άρχισαν να κινούνται ξανά

und Alice hörte das Kaninchen wieder sprechen
και η Αλίκη άκουσε το κουνέλι να μιλάει ξανά
"Ein Karren voll reicht für den Anfang"
"Ένα barrowful θα κάνει, για να αρχίσει με"
"Einen Karren voll wovon?" dachte Alice
«Ένα βαρετό από τι;» σκέφτηκε η Αλίκη
Aber sie wurde nicht lange in Atem gehalten
Αλλά δεν κρατήθηκε σε αγωνία για πολύ
Ein Regen von kleinen Kieselsteinen drang durch das Fenster
Μια ντουζιέρα από μικρά βότσαλα ήρθε από το παράθυρο
und einige der kleinen Kieselsteine trafen sie im Gesicht
και μερικά από τα μικρά βότσαλα την χτύπησαν στο πρόσωπο
Alice wunderte sich über die kleinen Kieselsteine
Η Αλίκη έμεινε έκπληκτη με τα μικρά βότσαλα
all die kleinen Kieselsteine verwandelten sich in Kuchen
όλα τα μικρά βότσαλα μετατρέπονταν σε κέικ
und eine glänzende Idee kam ihr in den Kopf
Και μια λαμπρή ιδέα ήρθε στο μυαλό της
"Einen von diesen Kuchen sollte ich essen"
"Πρέπει να φάω ένα από αυτά τα κέικ"
"Der Kuchen wird sicher etwas an meiner Größe ändern"
"Το κέικ είναι βέβαιο ότι θα κάνει κάποια αλλαγή στο μέγεθός μου"
Also schluckte sie einen der Kuchen
Έτσι κατάπιε ένα από τα κέικ
und sie freute sich, als sie feststellte, dass sie anfing zu schrumpfen
Και ήταν ευτυχής που διαπίστωσε ότι άρχισε να συρρικνώνεται
Bald war sie klein genug, um durch die Tür zu kommen
Σύντομα ήταν αρκετά μικρή για να περάσει την πόρτα
Sie rannte aus dem Haus
Έτρεξε έξω από το σπίτι
Draußen wartete eine Menge kleiner Tiere und Vögel
Ένα πλήθος μικρών ζώων και πουλιών περίμενε έξω

alle kleinen Vögel und Tiere stürzten sich auf Alice

όλα τα μικρά πουλιά και ζώα όρμησαν στην Αλίκη

aber sie rannte davon, so schnell sie konnte

Αλλά έφυγε όσο πιο γρήγορα μπορούσε

und bald fand sie sich sicher in einem dichten Walde

Και σύντομα βρέθηκε ασφαλής σε ένα παχύ δάσος

Alice irrte im Walde umher

Η Αλίκη περιπλανιόταν στο δάσος

Und sie dachte bei sich:

Και σκέφτηκε:

"Ich weiß, was ich zuerst zu tun habe"

«Ξέρω τι πρέπει να κάνω πρώτα»

"erst muss ich wieder auf meine richtige Größe wachsen"

"πρώτα πρέπει να μεγαλώσω ξανά στο σωστό μου μέγεθος"

"Und dann muss ich den Weg in diesen schönen Garten finden"

"και τότε πρέπει να βρω το δρόμο μου σε αυτόν τον υπέροχο κήπο"

"Ich glaube, ich sollte irgendetwas essen oder trinken"

«Υποθέτω ότι πρέπει να φάω ή να πιω κάτι ή άλλο»

"Aber die Frage ist, was soll ich essen oder trinken?"

"αλλά το ερώτημα είναι τι πρέπει να φάω ή να πιω;"

Alice blickte sich um und betrachtete die Blumen

Η Αλίκη κοίταξε γύρω της τα λουλούδια

Und sie schaute durch die Grashalme hindurch

Και κοίταξε μέσα από τις λεπίδες του γρασιδιού

aber sie konnte nichts zu essen und zu trinken sehen

Αλλά δεν μπορούσε να δει τίποτα να φάει ή να πιει

Nichts sah nach dem Richtigen zum Essen oder Trinken aus

Τίποτα δεν έμοιαζε με το σωστό πράγμα για φαγητό ή ποτό

In ihrer Nähe wuchs ein großer Pilz

Υπήρχε ένα μεγάλο μανιτάρι που μεγάλωνε κοντά της

der Pilz war ungefähr so groß wie Alice

το μανιτάρι είχε περίπου το ίδιο ύψος με την Αλίκη

Sie streckte sich auf den Zehenspitzen auf

Τεντώθηκε στις μύτες των ποδιών

Und sie guckte über den Rand des Pilzes

Και κρυφοκοίταξε πάνω από την άκρη του μανιταριού

Ihre Augen trafen sofort die Augen einer großen blauen Raupe

Τα μάτια της συνάντησαν αμέσως τα μάτια μιας μεγάλης μπλε κάμπιας

Die Raupe saß auf der Spitze des Pilzes

Η κάμπια καθόταν στην κορυφή του μανιταριού

und die Raupe hatte alle Arme gekreuzt

Και η κάμπια είχε σταυρώσει όλα τα χέρια του

Und er rauchte leise eine lange Wasserpfeife

Και κάπνιζε ήσυχα ένα μακρύ ναργιλέ

und er nahm nicht die geringste Notiz von irgendetwas

Και δεν έδωσε την παραμικρή σημασία σε τίποτα

und er achtete gewiß nicht auf Alice

και σίγουρα δεν έδωσε προσοχή στην Αλίκη

Ratschläge von einer Raupe
Συμβουλές από κάμπια
Endlich nahm die Raupe die Shisha aus dem Maul
Επιτέλους η κάμπια έβγαλε τον ναργιλέ από το στόμα της
und er redete Alice mit einer trägen, schläfrigen Stimme an
και απευθύνθηκε στην Αλίκη με μια νωχελική,
νυσταγμένη φωνή
"Wer bist du?" fragte die Raupe
«Ποιος είσαι;» είπε η κάμπια

Alice antwortete etwas schüchtern: "Ich weiß es kaum, Sir."
Η Αλίκη απάντησε, μάλλον ντροπαλά, «Δεν ξέρω, κύριε»
"Gerade im Moment ist alles ein bisschen..."
«Ακριβώς αυτή τη στιγμή είναι όλα λίγο...»
**"Ich weiß, wer ich war, als ich heute Morgen aufgestanden
bin."**
«Ξέρω ποιος ήμουν όταν σηκώθηκα σήμερα το πρωί»
**"aber ich glaube, ich muss mich seitdem mehrmals verändert
haben"**
"αλλά νομίζω ότι πρέπει να έχω αλλάξει αρκετές φορές

από τότε"
"Was meinst du damit?" sagte die Raupe
«Τι εννοείς με αυτό;» είπε η κάμπια
Streng forderte die Raupe sie auf, sich zu erklären
Αυστηρά η κάμπια της ζήτησε να εξηγήσει τον εαυτό της
»Ich kann mich nicht erklären, fürchte ich, Sir«, sagte Alice
«Δεν μπορώ να εξηγήσω τον εαυτό μου, φοβάμαι, κύριε»,
είπε η Αλίκη
"weil ich nicht ich selbst bin"
«γιατί δεν είμαι ο εαυτός μου»
**"Du siehst, es ist sehr verwirrend, so viele verschiedene
Größen an einem Tag zu haben"**
"Βλέπετε, το να έχεις τόσα πολλά διαφορετικά μεγέθη σε
μια μέρα είναι πολύ συγκεχυμένο"
Sie raffte sich auf und sagte sehr ernst:
Σηκώθηκε και είπε πολύ σοβαρά:
"Ich denke, du solltest mir zuerst sagen, wer du bist"
«Νομίζω ότι πρέπει πρώτα να μου πεις ποιος είσαι»
"Warum?" fragte die Raupe
«Γιατί;» είπε η κάμπια
Alice fiel kein guter Grund ein
Η Αλίκη δεν μπορούσε να σκεφτεί κανένα καλό λόγο
**und die Raupe schien sich in einem sehr unangenehmen
Gemütszustand zu befinden**
Και η κάμπια φαινόταν να είναι σε μια πολύ δυσάρεστη
κατάσταση του μυαλού
also wandte sie sich ab
Έτσι γύρισε μακριά
"Komm zurück!" rief ihr die Raupe nach
«Γύρνα πίσω!» της φώναξε η κάμπια
"Ich habe etwas Wichtiges zu sagen!"
«Έχω κάτι σημαντικό να πω!»
Alice drehte sich um und kam wieder zurück
Η Αλίκη γύρισε και επέστρεψε ξανά
"Behalte die Fassung!" sagte die Raupe
«Κράτα την ψυχραιμία σου», είπε η κάμπια
»Ist das alles?« fragte Alice

«Αυτό είναι όλο;» είπε η Αλίκη
und sie schluckte ihren Zorn hinunter, so gut sie konnte
Και κατάπιε το θυμό της όσο καλύτερα μπορούσε
"Nein!" sagte die Raupe
«Όχι», είπε η κάμπια
Die Raupe breitete ihre Arme aus
Η κάμπια ξεδίπλωσε τα χέρια της
Und er nahm die Shisha wieder aus dem Mund
Και έβγαλε πάλι τον ναργιλέ από το στόμα του
Und er sagte: "Du glaubst also, du bist verändert, oder?"
Και είπε, ''Έτσι νομίζεις ότι έχεις αλλάξει, έτσι;''
»Ich fürchte, ich bin verändert, Sir,« sagte Alice
«Φοβάμαι, έχω αλλάξει, κύριε», είπε η Αλίκη
"Ich kann mich nicht mehr so an Dinge erinnern, wie ich sie früher in Erinnerung hatte"
«Δεν μπορώ να θυμηθώ τα πράγματα όπως τα θυμόμουν»
"Und ich bleibe nicht länger als zehn Minuten gleich groß!"
"και δεν μένω στο ίδιο μέγεθος για περισσότερο από δέκα λεπτά!"
"Wie groß willst du sein?" fragte die Raupe
«Τι μέγεθος θέλεις να είσαι;» ρώτησε η κάμπια
»Oh, es ist mir nicht besonders wichtig, wie groß ich bin«, erwiderte Alice hastig
«Ω, δεν με πειράζει ιδιαίτερα τι μέγεθος είμαι», απάντησε βιαστικά η Αλίκη
"Ich mag es einfach nicht, so oft die Größe zu wechseln, weißt du"
"Απλά δεν μου αρέσει να αλλάζω μέγεθος τόσο συχνά, ξέρεις"
"Ich würde gerne etwas größer sein, Sir"
«Θα ήθελα να είμαι λίγο μεγαλύτερος, κύριε»
»wenn es dir nichts ausmacht,« fügte Alice hinzu
«Αν δεν σε πειράζει», πρόσθεσε η Αλίκη
"Zehn Zentimeter sind so eine erbärmliche Größe"
"Δέκα εκατοστά είναι ένα τόσο άθλιο ύψος για να είναι"
"Das ist wirklich eine sehr gute Höhe!" sagte die Raupe ärgerlich

«Είναι πράγματι πολύ καλό ύψος!» είπε θυμωμένη η κάμπια

und er richtete sich auf, während er sprach

Και σηκώθηκε όρθιος καθώς μιλούσε

Er war genau zehn Zentimeter groß

Είχε ύψος ακριβώς δέκα εκατοστά

In ein oder zwei Minuten war die Raupe vom Pilz heruntergekommen

Σε ένα ή δύο λεπτά, η κάμπια κατέβηκε από το μανιτάρι

und er kroch ins Gras

και σύρθηκε μακριά στο χορτάρι

Als er sich entfernte, machte er einige kleine Bemerkungen

Καθώς έφευγε, έκανε μερικές μικρές παρατηρήσεις

"Eine Seite lässt dich größer werden"

"Η μία πλευρά θα σας κάνει να ψηλώσετε"

"Und die andere Seite wird dich kleiner werden lassen"

"Και η άλλη πλευρά θα σας κάνει να μικρύνετε"

"Eine Seite wovon?" dachte Alice bei sich

«Μια πλευρά από τι;» σκέφτηκε η Αλίκη στον εαυτό της

"Die andere Seite von was?"

"Η άλλη πλευρά τι;"

"Die Seite des Pilzes!" sagte die Raupe

«Η πλευρά του μανιταριού», είπε η κάμπια

Es war, als hätte sie ihre Frage laut gestellt

Ήταν σαν να είχε κάνει την ερώτησή της δυνατά

und im nächsten Augenblick war er außer Sichtweite

Και σε μια άλλη στιγμή, ήταν εκτός οπτικού πεδίου

Alice blieb stehen und betrachtete den Pilz nachdenklich

Η Αλίκη παρέμεινε κοιτάζοντας προσεκτικά το μανιτάρι

Sie versuchte herauszufinden, welche die beiden Seiten des Pilzes waren

Προσπαθούσε να καταλάβει ποιες ήταν οι δύο πλευρές του μανιταριού

Endlich streckte sie ihre Arme um den Pilz

Επιτέλους τέντωσε τα χέρια της γύρω από το μανιτάρι

und sie brach ein Stück der Ränder ab

και έσπασε λίγο από τις άκρες

»Und nun, welche Seite ist welche?« fragte sie sich

«Και τώρα, ποια πλευρά είναι ποια;» είπε στον εαυτό της

und sie knabberte ein wenig von dem Stück der rechten Hand

και τσίμπησε λίγο από το δεξί κομμάτι

Im nächsten Augenblick spürte sie einen heftigen Schlag unter ihrem Kinn

Την επόμενη στιγμή ένιωσε ένα βίαιο χτύπημα κάτω από το πηγούνι της

Ihr Kinn hatte ihren Fuß getroffen!

Το πηγούνι της είχε χτυπήσει το πόδι της!

Sie war sehr erschrocken über diese sehr plötzliche Veränderung

Ήταν πολύ φοβισμένη από αυτή την πολύ ξαφνική αλλαγή

Sie schrumpfte sehr schnell

Συρρικνωνόταν πολύ γρήγορα

Also aß sie schnell etwas von dem anderen Stück Pilz

Έτσι έφαγε γρήγορα λίγο από το άλλο κομμάτι μανιταριού

Ihr Kinn war sehr eng gegen ihren Fuß gepresst

Το πηγούνι της πιέστηκε πολύ στενά στο πόδι της

Es war kaum Platz, um den Mund aufzumachen

Δεν υπήρχε σχεδόν καθόλου χώρος για να ανοίξει το στόμα της

aber schließlich gelang es ihr, den Mund aufzumachen

Αλλά τελικά κατάφερε να ανοίξει το στόμα της

und sie schluckte einen Bissen von dem linken Stück

και κατάπιε μια μπουκιά από το αριστερό κομμάτι

»mein Kopf ist endlich frei!« sagte Alice

«Επιτέλους ελευθερώθηκε το κεφάλι μου!» είπε η Αλίκη

Sie blickte an sich herunter

Κοίταξε τον εαυτό της

aber alles, was sie sehen konnte, war ein ungeheurer Hals

Αλλά το μόνο που μπορούσε να δει ήταν ένα τεράστιο μήκος λαιμού

Ihr Hals schien sich wie ein Stiel zu erheben

Ο λαιμός της φαινόταν να ανεβαίνει σαν μίσχος

Und sie blickte auf ein Meer von grünen Blättern hinab

Και κοίταξε κάτω πάνω από μια θάλασσα από πράσινα φύλλα

"Wo sind meine Schultern geblieben?"

«Πού πήγαν οι ώμοι μου;»

»Und ach, meine armen Hände, wie kommt es, daß ich euch nicht sehen kann?«

«Και ω, φτωχά μου χέρια, πώς γίνεται να μην μπορώ να σε δω;»

Aber ihr Hals hatte einen Vorteil

Αλλά ο λαιμός της είχε ένα όφελος.

Sie konnte ihren Kopf in jede Richtung bewegen

Μπορούσε να κινήσει το κεφάλι της προς οποιαδήποτε κατεύθυνση

Tatsächlich war sie wie eine Schlange

Στην πραγματικότητα, ήταν ακριβώς όπως ένα φίδι

Sie senkte anmutig ihren Kopf im Zickzack

Έκανε χαριτωμένα ζιγκ-ζαγκ το κεφάλι της προς τα κάτω

Und sie bewegte ihren Kopf durch die Bäume

Και κίνησε το κεφάλι της μέσα από τα δέντρα

Aber dann hörte sie ein scharfes Zischen

Αλλά τότε άκουσε ένα απότομο σφύριγμα

Und sie zog schnell den Kopf zurück

Και τράβηξε γρήγορα το κεφάλι της προς τα πίσω

Eine große Taube war ihr ins Gesicht geflogen

Ένα μεγάλο περιστέρι είχε πετάξει στο πρόσωπό της

und die Taube fuhr mit den Flügeln heftig zusammen

Και το περιστέρι ήταν βίαια με τα φτερά του

»Schlange!« rief die Taube

«Φίδι!» φώναξε το περιστέρι

"Ich bin keine Schlange!" sagte Alice entrüstet

«Δεν είμαι φίδι!» είπε αγανακτισμένη η Αλίκη

"Laß mich in Ruhe!"

«Άσε με ήσυχο!»

"Ich habe die Wurzeln von Bäumen ausprobiert"

"Έχω δοκιμάσει τις ρίζες των δέντρων"

"Und ich habe es mit Hecken versucht", fuhr die Taube fort

«Και έχω δοκιμάσει φράχτες», συνέχισε το περιστέρι

»Aber diese Schlangen! Man kann es ihnen nicht recht machen!"

«Μα αυτά τα φίδια! Δεν τους ευχαριστεί!»

Alice war immer verwirrter

Η Αλίκη ήταν όλο και πιο μπερδεμένη

"Als ob es nicht schon Mühe genug wäre, die Eier auszubrüten!" sagte die Taube

«Σαν να μην ήταν αρκετό πρόβλημα η εκκόλαψη των αυγών», είπε το περιστέρι

"Tag und Nacht muss ich mich auch vor Schlangen in Acht nehmen!"

«Νύχτα και μέρα πρέπει να προσέχω και τα φίδια!»

"Ich hatte gerade den höchsten Baum im Wald gefunden"

«Μόλις είχα βρει το ψηλότερο δέντρο στο δάσος»

"Wäre ich hier sicher frei von Schlangen?"

«Σίγουρα θα ήμουν ελεύθερος από τα φίδια εδώ;»

"Und heraus kommt eine Schlange vom Himmel!"

«Και βγαίνει ένα φίδι από τον ουρανό!»

"Aber ich bin keine Schlange, sage ich dir!" sagte Alice

«Μα δεν είμαι φίδι, σου λέω!» είπε η Αλίκη

"Ich bin ein... Ich bin ein... Ich bin ein kleines Mädchen«, fügte sie etwas zweifelnd hinzu

«Είμαι... Είμαι... Είμαι ένα μικρό κορίτσι», πρόσθεσε μάλλον αμφίβολα

Schließlich hatte sie viele Veränderungen durchgemacht

Εξάλλου, είχε περάσει από πολλές αλλαγές

"Du suchst Eier!" sagte die Taube

«Ψάχνεις για αυγά», είπε το περιστέρι

"Das weiß ich mit Sicherheit"

"Το ξέρω αυτό για ένα γεγονός"

"Und was macht es aus, ob du ein kleines Mädchen oder eine Schlange bist?"

«Και τι σημασία έχει αν είσαι κοριτσάκι ή φίδι;»

»Es liegt mir sehr viel daran,« sagte Alice hastig

«Έχει μεγάλη σημασία για μένα», είπε βιαστικά η Αλίκη

"Aber ich bin nicht auf der Suche nach Eiern, wie es der Zufall will"

"αλλά δεν ψάχνω για αυγά, όπως συμβαίνει"

"Und ich würde deine Eier sowieso nicht wollen"

"και δεν θα ήθελα τα αυγά σου ούτως ή άλλως"

"Ich mag meine Eier nicht roh"

«Δεν μου αρέσουν τα αυγά μου ωμά»

»Nun, dann fort!« sagte die Taube in mürrischem Tone

«Λοιπόν, φύγε τότε!» είπε το περιστέρι με μελαγχολικό

τόνο
und die Taube ließ sich wieder in ihrem Nest nieder
και το περιστέρι εγκαταστάθηκε ξανά στη φωλιά του
Alice kauerte sich zwischen die Bäume, so gut sie konnte
Η Αλίκη έσκυψε ανάμεσα στα δέντρα όσο καλύτερα
μπορούσε
Ihr Hals verfing sich immer wieder zwischen den Ästen
Ο λαιμός της συνέχιζε να μπλέκεται ανάμεσα στα κλαδιά
**Hin und wieder musste sie anhalten und ihren Hals
aufdrehen**
Κάθε τόσο έπρεπε να σταματήσει και να ξετυλίξει το λαιμό
της
Nach einer Weile erinnerte sie sich an den Pilz
Μετά από λίγο θυμήθηκε το μανιτάρι
Sie hielt die Pilzstücke noch immer in ihren Händen
Κρατούσε ακόμα τα κομμάτια του μανιταριού στα χέρια
της
Und sie machte sich sehr vorsichtig an die Arbeit
και άρχισε να εργάζεται πολύ προσεκτικά
Zuerst knabberte sie an einem Stück
Πρώτα τσίμπησε σε ένα κομμάτι
Und dann knabberte sie an dem anderen Stück
Και μετά τσίμπησε το άλλο κομμάτι
Manchmal wurde sie größer
Μερικές φορές μεγάλωνε
und manchmal wurde sie kleiner
Και μερικές φορές έγινε μικρότερη
Aber schließlich erreichte sie ihre übliche Größe
Αλλά τελικά πέτυχε το συνηθισμένο ύψος της
**Sie war schon seit einiger Zeit nicht mehr so groß wie sie
selbst**
Δεν είχε το δικό της ύψος για αρκετό καιρό
So fühlte sich alles eine Zeit lang seltsam an
Έτσι όλα έμοιαζαν περίεργα για λίγο
**"Das nächste, was zu tun ist, ist, in diesen schönen Garten zu
gehen"**
"Το επόμενο πράγμα που πρέπει να κάνετε είναι να μπείτε

σε αυτόν τον όμορφο κήπο"

»wie soll man das machen?«

«Πώς θα γίνει αυτό, αναρωτιέμαι;»

Während sie dies sagte, stieß sie auf einen offenen Platz

Καθώς το είπε αυτό, ήρθε σε ένα ανοιχτό μέρος

Da war ein kleines Haus, etwas höher als einen Meter

Υπήρχε ένα μικρό σπίτι, λίγο ψηλότερα από ένα μέτρο

"Ich frage mich, wer in diesem kleinen Haus wohnt"

"Αναρωτιέμαι ποιος ζει σε αυτό το μικρό σπίτι"

"So groß wie ich bin, kann ich sicher nicht reingehen"

«Σίγουρα δεν μπορώ να μπω τόσο μεγάλος όσο είμαι»

"Ich würde sie fürchterlich erschrecken!"

«Θα τους τρόμαζα τρομερά!»

Also knabberte sie wieder an dem kleinen Pilz

Έτσι τσίμπησε ξανά το μικρό μανιτάρι

Und bald brachte sie sich dreißig Zentimeter tief

Και σύντομα κατέβηκε τριάντα εκατοστά

Ein Schwein und etwas Pfeffer
Ένα γουρούνι και λίγο πιπέρι

Ein oder zwei Minuten lang stand sie da und betrachtete das Haus

Για ένα ή δύο λεπτά στάθηκε κοιτάζοντας το σπίτι

Plötzlich kam ein Lakai aus dem Walde gerannt

Ξαφνικά ένας πεζός βγήκε τρέχοντας από το δάσος

Er trug eine spezielle Livree-Uniform

Φορούσε ειδική στολή εμφάνισης

Seinem Gesicht nach zu urteilen, hätte sie ihn einen Fisch genannt

Κρίνοντας μόνο από το πρόσωπό του, θα τον αποκαλούσε ψάρι

und er klopfte laut mit den Fingerknöcheln an die Tür

Και χτύπησε δυνατά την πόρτα με τις αρθρώσεις του

Die Tür wurde von einem anderen Lakaien geöffnet

Την πόρτα άνοιξε ένας άλλος πεζός

Auch dieser Lakai trug eine besondere Livree

Και αυτός ο ποδοσφαιριστής φορούσε ειδική στολή

Dieser Lakai hatte ein rundes Gesicht und große Augen wie ein Frosch

Αυτός ο ποδοσφαιριστής είχε στρογγυλό πρόσωπο και μεγάλα μάτια σαν βάτραχος

Der Lakai, der wie ein Fisch aussah, leitete die Zeremonie ein

Ο ποδοσφαιριστής που έμοιαζε με ψάρι ξεκίνησε την τελετή

Er zog etwas unter seinem Arm hervor

Έβγαλε κάτι κάτω από το χέρι του

Und er zog unter seinem Arm einen Umschlag hervor

Και έβγαλε από κάτω από το μπράτσο του ένα φάκελο

und diesen Umschlag übergab er dem andern Lakaien

Και αυτόν τον φάκελο τον παρέδωσε στον άλλο πεζό.

In zeremoniellem Tone teilte er ihm die Befehle mit

Με τελετουργικό τόνο του είπε τις διαταγές

"Diese Botschaft ist für die Herzogin"

«Αυτό το μήνυμα είναι για τη Δούκισσα»

"Eine Einladung der Königin zum Krocketspielen"

"Μια πρόσκληση από τη βασίλισσα να παίξει κροκέ"

Der Lakai, der wie ein Frosch aussah, wiederholte den Befehl

Ο πεζός που έμοιαζε με βάτραχο επανέλαβε τη διαταγή

"Von der Königin"

"Από τη βασίλισσα"

"Eine Einladung"

"Μια πρόσκληση"

"für die Herzogin"

"για τη Δούκισσα"

"Krocket spielen"

"παίζοντας κροκέ"

Dann verbeugten sie sich beide tief

Τότε και οι δύο υποκλίθηκαν χαμηλά

und die Locken in ihren Perücken verwickelten sich ineinander

και οι μπούκλες στις περούκες τους μπλέχτηκαν μεταξύ τους

Bald war der Lakai, der wie ein Fisch aussah, verschwunden

Σύντομα ο πεζός που έμοιαζε με ψάρι είχε φύγει

Aber der Lakai, der wie ein Frosch aussah, war immer noch da

Αλλά ο ποδοσφαιριστής που έμοιαζε με βάτραχο ήταν ακόμα εκεί

Er saß auf dem Boden in der Nähe der Tür

Καθόταν στο έδαφος κοντά στην πόρτα

Er starrte dumm in den Himmel

Κοιτούσε ψηλά στον ουρανό

Alice ging schüchtern zur Tür und klopfte

Η Αλίκη ανέβηκε δειλά δειλά στην πόρτα και χτύπησε

»Es hat keinen Zweck, anzuklopfen,« sagte der Lakai

«Δεν υπάρχει λόγος να χτυπάς», είπε ο πεζός

"Und das aus zwei Gründen"

«Και αυτό για δύο λόγους»

"Erstens, weil ich auf der gleichen Seite der Tür stehe wie du"

"Πρώτον, επειδή είμαι στην ίδια πλευρά της πόρτας με εσάς"

"Zweitens, weil sie drinnen so viel Lärm machen"

"Δεύτερον, επειδή κάνουν τόσο πολύ θόρυβο μέσα"

"Niemand könnte dich hören"

«Κανείς δεν μπορούσε να σε ακούσει»

Und es war gewiß ein höchst merkwürdiger Lärm im Innern

Και σίγουρα υπήρχε ένας πολύ ασυνήθιστος θόρυβος μέσα

ein ständiges Heulen und Niesen

ένα συνεχές ουρλιαχτό και φτάρνισμα

und ab und zu ein Geräusch von großem Krachen

και κάθε τόσο ένας ήχος μεγάλης συντριβής

als ob eine Schüssel oder ein Wasserkocher in Stücke zerbrochen wäre

σαν ένα πιάτο ή βραστήρας να είχε σπάσει σε κομμάτια

"Wie soll ich da reinkommen?" fragte Alice

«Πώς θα μπω μέσα;» ρώτησε η Αλίκη

»Wollen Sie überhaupt hineinkommen?« fragte der Lakai

«Πρέπει να μπεις μέσα;» είπε ο πεζός

"Das ist die erste Frage, weißt du"

«Αυτή είναι η πρώτη ερώτηση, ξέρεις»

Alice öffnete die Tür und trat ein

Η Αλίκη άνοιξε την πόρτα και μπήκε μέσα

Die Tür führte direkt in eine große Küche

Η πόρτα οδηγούσε κατευθείαν σε μια μεγάλη κουζίνα

Die Küche war von einem Ende bis zum anderen voller Rauch

Η κουζίνα ήταν γεμάτη καπνό από τη μια άκρη στην άλλη

in der Mitte der Küche saß die Herzogin

στη μέση της κουζίνας ήταν η Δούκισσα

Sie saß auf einem dreibeinigen Hocker

Καθόταν σε ένα τρίποδο σκαμνί

und sie stillte ein Baby

και θήλαζε ένα μωρό

Die Köchin beugte sich über das Feuer

Ο μάγειρας έσκυψε πάνω από τη φωτιά

Er rührte einen großen Kessel

Ανακάτευε ένα μεγάλο καζάνι

und der Kessel schien mit Suppe gefüllt zu sein

Και το καζάνι φαινόταν να είναι γεμάτο σούπα

"Da ist sicher zu viel Pfeffer drin!" sagte Alice zu sich selbst

"Υπάρχει σίγουρα πάρα πολύ πιπέρι σε αυτή τη σούπα!" είπε η Αλίκη στον εαυτό της

Sie sagte es, so gut sie konnte, ohne zu niesen

Το είπε όσο καλύτερα μπορούσε χωρίς φτέρνισμα

Sogar die Herzogin nieste gelegentlich

Ακόμη και η Δούκισσα φτερνίστηκε περιστασιακά

Aber die Handlungen des Babys waren am bemerkenswertesten

Αλλά οι ενέργειες του μωρού ήταν οι πιο αξιοσημείωτες

Das Baby nieste und heulte abwechselnd

Το μωρό φτερνιζόταν και ούρλιαζε εναλλάξ

Es gab keinen Augenblick Pause zwischen Heulen und Niesen

Δεν υπήρξε ούτε μια στιγμή παύσης μεταξύ ουρλιαχτού και φτερνίσματος

Es gab zwei Kreaturen in der Küche, die nicht niesten

Υπήρχαν δύο πλάσματα στην κουζίνα που δεν φτερνίζονταν

Die Köchin war zu beschäftigt, um zu niesen

Ο μάγειρας ήταν πολύ απασχολημένος για να φτερνιστεί
**Und die große Katze schien sich nicht an dem Pfeffer zu
stören**
Και η μεγάλη γάτα δεν φαινόταν να πειράζει το πιπέρι
**Stattdessen grinste die große Katze von einem Ohr zum
anderen**
Αντ 'αυτού, η μεγάλη γάτα χαμογελούσε από αυτί σε αυτί
**»Bitte, würdest du es mir sagen,« sagte Alice ein wenig
schüchtern**
«Σε παρακαλώ, πες μου», είπε δειλά δειλά η Αλίκη
"Warum grinst deine Katze so?"
"Γιατί η γάτα σας χαμογελάει έτσι;"
»Es ist eine Cheshire-Katze,« sagte die Herzogin
«Είναι μια γάτα Cheshire», είπε η δούκισσα
"Und deshalb grinst er von Ohr zu Ohr"
«Και γι' αυτό χαμογελάει από αυτί σε αυτί»
"Ich wusste nicht, dass eine Cheshire-Katze immer grinst"
"Δεν ήξερα ότι μια γάτα Cheshire-Cat πάντα χαμογελούσε"
**"Eigentlich wusste ich nicht, dass Katzen grinsen können",
sagte Alice**
«Στην πραγματικότητα, δεν ήξερα ότι οι γάτες θα
μπορούσαν να χαμογελάσουν», είπε η Alice
»Es gibt vieles, was Sie nicht wissen,« sagte die Herzogin
«Υπάρχουν πολλά που δεν ξέρεις», είπε η δούκισσα
**"Es gibt vieles, was man nicht weiß, und das ist eine
Tatsache"**
"Υπάρχουν πολλά που δεν γνωρίζετε και αυτό είναι
γεγονός"
**In diesem Augenblick nahm die Köchin den Kessel mit der
Suppe vom Feuer**
Ακριβώς τότε ο μάγειρας έβγαλε το καζάνι της σούπας από
τη φωτιά
Und sogleich fing sie an, alles in ihre Reichweite zu werfen
Και αμέσως άρχισε να πετάει ό,τι μπορούσε
**sie warf alles, was sie konnte, auf die Herzogin und das
Baby**
έριξε ό,τι μπορούσε στη Δούκισσα και το μωρό

Zuerst warf sie die Feuereisen

Πρώτα έριξε τα σίδερα της φωτιάς

Dann warf sie eine Handvoll Töpfe

Στη συνέχεια έριξε μια χούφτα κατσαρόλες

und schließlich warf sie die Teller und Schüsseln

Και τελικά πέταξε τα πιάτα και τα πιάτα

Die Herzogin nahm keine Notiz von ihr

Η Δούκισσα δεν την πρόσεξε

Selbst als sie von einem Teller getroffen wurde, machte sie sich keine Sorgen

Ακόμα και όταν χτυπήθηκε από ένα πιάτο, δεν ανησυχούσε

Das Baby heulte schon so viel

Το μωρό ούρλιαζε ήδη τόσο πολύ

Es war also unmöglich zu sagen, ob die Schläge das Baby verletzt haben oder nicht

Έτσι ήταν αδύνατο να πούμε αν τα χτυπήματα έβλαψαν το μωρό ή όχι

"Oh, gib bitte acht, was du tust!" rief Alice

«Ω, σε παρακαλώ πρόσεχε τι κάνεις!» φώναξε η Αλίκη

und sie sprang in Todesangst des Entsetzens auf und ab

Και πήδηξε πάνω-κάτω σε μια αγωνία τρόμου

die Herzogin bot Alice das Baby an

η Δούκισσα πρόσφερε στην Αλίκη το μωρό

»Hier! Du kannst das Kind ein wenig stillen, wenn du willst!«

«Εδώ! Μπορείτε να θηλάσετε λίγο το μωρό, αν θέλετε!»

Und sie schleuderte das Kind nach ihr, während sie sprach

Και πέταξε το μωρό πάνω της καθώς μιλούσε

"Ich muss gehen und mich darauf vorbereiten, mit der Königin Krocket zu spielen"

«Πρέπει να πάω και να ετοιμαστώ να παίξω κροκέ με τη βασίλισσα»

und sie eilte aus dem Zimmer

Και βγήκε βιαστικά από το δωμάτιο

Alice fing das Baby mit einiger Mühe auf

Η Αλίκη έπιασε το μωρό με κάποια δυσκολία

weil es ein sehr seltsam geformtes kleines Wesen war

επειδή ήταν ένα πολύ περίεργο σχήμα μικρό πλάσμα

Und das Kind streckte seine Arme und Beine nach allen Richtungen aus

Και το μωρό άπλωσε τα χέρια και τα πόδια του προς όλες τις κατευθύνσεις

"Das Kind nehme ich lieber mit!" dachte Alice

«Καλύτερα να πάρω αυτό το παιδί μαζί μου», σκέφτηκε η Αλίκη

"Sie werden dieses Baby sicher in ein oder zwei Tagen töten"

«Είναι σίγουρο ότι θα σκοτώσουν αυτό το μωρό σε μια ή δύο μέρες»

"Wäre es nicht Mord, dieses Baby zurückzulassen?"

«Δεν θα ήταν δολοφονία να αφήσουμε αυτό το μωρό πίσω;»

Sie sprach die letzten Worte laut aus

Είπε τις τελευταίες λέξεις δυνατά

Und das kleine Ding grunzte als Antwort

Και το μικρό πράγμα γρύλισε σε απάντηση

"Du verwandelst dich am besten nicht in ein Schwein, meine Liebe!" sagte Alice

«Καλύτερα να μην γίνεις γουρούνι, αγαπητή μου», είπε η Αλίκη

"sonst habe ich nichts mehr mit dir zu tun"

"αλλιώς δεν θα έχω τίποτα άλλο να κάνω μαζί σου"

Alice fing eben an, bei sich selbst zu denken:

Η Αλίκη μόλις είχε αρχίσει να σκέφτεται:

»Nun, was soll ich mit diesem Geschöpf anfangen, wenn ich es nach Hause bringe?«

"Τώρα, τι θα κάνω με αυτό το πλάσμα, όταν το πάρω σπίτι;"

Aber dann grunzte das kleine Geschöpf ein wenig heftig

Αλλά τότε το μικρό πλάσμα γρύλισε λίγο βίαια

und Alice sah ihm erschrocken ins Gesicht

και η Αλίκη κοίταξε κάτω στο πρόσωπό του με κάποιο συναγερμό

Diesmal konnte es keinen Irrtum geben

Αυτή τη φορά δεν θα μπορούσε να υπάρξει λάθος γι 'αυτό
Es war nicht mehr und nicht weniger als ein Schwein
Δεν ήταν ούτε περισσότερο ούτε λιγότερο από ένα γουρούνι
Da setzte sie das kleine Geschöpf ab
Έτσι έβαλε το μικρό πλάσμα κάτω
und das kleine Geschöpf trabte leise in den Wald hinein
Και το μικρό πλάσμα έτρεξε μακριά ήσυχα στο δάσος
Alice war ziemlich erleichtert, als sie die Kreatur verschwinden sah
Η Αλίκη ένιωσε αρκετά ανακουφισμένη όταν είδε το πλάσμα να φεύγει
Alice erschrak ein wenig, als sie die Cheshire-Katze sah
Η Αλίκη ξαφνιάστηκε λίγο βλέποντας τη γάτα Cheshire.
Er saß auf einem Ast eines Baumes, ein paar Meter entfernt
Καθόταν σε ένα κλαδί ενός δέντρου λίγα μέτρα μακριά
Die Katze grinste nur, als sie sie sah
Η γάτα χαμογέλασε μόνο όταν την είδε
»Cheshire-Katze,« begann Alice etwas schüchtern
«Cheshire-cat», άρχισε η Αλίκη, μάλλον δειλά
»Würden Sie mir bitte sagen, welchen Weg ich von hier aus einschlagen soll?«
«Θα μπορούσες, σε παρακαλώ, να μου πεις ποιο δρόμο πρέπει να ακολουθήσω από εδώ;»
"In diese Richtung", sagte die Katze
«Προς αυτή την κατεύθυνση», είπε η γάτα
Und er fuchtelte mit der rechten Pfote herum
και κούνησε το δεξί πόδι γύρω
"In dieser Richtung lebt ein Hutmacher"
«Προς αυτή την κατεύθυνση ζει ένας κατασκευαστής καπέλων»
Und dann winkte die Katze mit der anderen Pfote
Και τότε η γάτα κούνησε το άλλο της πόδι
"Und in dieser Richtung wohnt ein Märzhase"
«Και προς αυτή την κατεύθυνση ζει ένας λαγός πορείας»
»Besuchen Sie, wen Sie wollen; Sie sind beide verrückt"
"Επισκεφθείτε ό, τι θέλετε. Είναι και οι δύο τρελοί»

»Aber ich will nicht unter Verrückte gehen«, bemerkte Alice

«Αλλά δεν θέλω να πάω ανάμεσα σε τρελούς ανθρώπους», παρατήρησε η Αλίκη

"Ach, dafür kannst du nicht helfen!" sagte die Katze

«Ω, δεν μπορείς να το βοηθήσεις αυτό», είπε η γάτα

"Wir sind alle verrückt hier"

«Είμαστε όλοι τρελοί εδώ»

"Spielst du heute Krocket mit der Queen?"

«Παίζεις κροκέ με τη βασίλισσα σήμερα;»

"Das würde ich sehr gerne!" sagte Alice

«Θα ήθελα πάρα πολύ», είπε η Αλίκη

"aber ich bin noch nicht eingeladen worden"

"αλλά δεν έχω προσκληθεί ακόμα"

"Du wirst mich dort sehen!" sagte die Katze

«Θα με δεις εκεί», είπε η γάτα

Und von einem Augenblick auf den anderen verschwand die Katze

Και από τη μια στιγμή στην άλλη η γάτα εξαφανίστηκε

bald kam Alice in Sichtweite des Hauses des Märzhasen

σύντομα η Αλίκη είδε το σπίτι του λαγού του μαρτίου

Das war ein sehr großes Haus

Αυτό ήταν ένα πολύ μεγάλο σπίτι

Alice wollte also nicht in die Nähe des Hauses gehen

έτσι η Αλίκη δεν ήθελε να πάει κοντά στο σπίτι

Zuerst musste sie noch etwas von dem linken Stück Pilz knabbern

Πρώτα έπρεπε να τσιμπήσει λίγο περισσότερο από την αριστερή πλευρά του μανιταριού

Eine verrückte Teeparty
Ένα τρελό πάρτι τσαγιού

Vor dem Haus stand ein Baum
Μπροστά από το σπίτι υπήρχε ένα δέντρο
Und unter dem Baum stand ein Tisch
και κάτω από το δέντρο υπήρχε ένα τραπέζι
und der Tisch war mit allerlei Besteck gedeckt
και το τραπέζι ήταν στρωμένο με κάθε είδους
μαχαιροπίρουνα
Der Märzhase und der Hutmacher saßen bei Tisch
Ο λαγός του Μαρτίου και ο κατασκευαστής καπέλων ήταν
στο τραπέζι
und zusammen tranken sie Tee
και μαζί έπιναν τσάι
Ein Siebenschläfer saß zwischen ihnen
Ανάμεσά τους καθόταν ένας μπακαλιάρος
und der Siebenschläfer schlief fest
Και η ράχη κοιμόταν γρήγορα
Der Tisch war von außergewöhnlicher Größe
Το τραπέζι ήταν εξαιρετικού μεγέθους
Aber der größte Teil des Tisches war unbesetzt
Αλλά το μεγαλύτερο μέρος του τραπεζιού ήταν άδειο
Sie saßen dicht gedrängt an einer Ecke des Tisches
Κάθισαν συνωστισμένοι μαζί σε μια γωνία του τραπεζιού
und doch entschuldigten sie sich, als sie Alice sahen
και όμως βρήκαν δικαιολογίες όταν είδαν την Αλίκη
»Kein Platz! Kein Platz!« schrien sie
"Δεν υπάρχει χώρος! Δεν υπάρχει χώρος!» φώναξαν
»Es ist viel Platz!« sagte Alice entrüstet
«Υπάρχει αρκετός χώρος!» είπε αγανακτισμένη η Αλίκη
An einem Ende des Tisches stand ein großer Sessel
Στη μία άκρη του τραπεζιού υπήρχε μια μεγάλη
πολυθρόνα
und Alice setzte sich in den Sessel
και η Αλίκη κάθισε στην πολυθρόνα
Der Hutmacher riss die Augen weit auf
Ο κατασκευαστής καπέλων άνοιξε τα μάτια του πολύ

διάπλατα
Er konnte nicht glauben, was er da sah
Δεν μπορούσε να πιστέψει αυτό που έβλεπε
aber sein Geist war neugierig auf andere Dinge
Αλλά το μυαλό του ήταν περίεργο για άλλα πράγματα
»Warum ist ein Rabe wie ein Schreibtisch?«
"Γιατί ένα κοράκι είναι σαν ένα γραφείο;"
Alice war offen für die Herausforderung
Η Αλίκη ήταν ανοιχτή στην πρόκληση
"Ich bin froh, dass sie angefangen haben, Rätsel zu stellen"
«Χαίρομαι που έχουν αρχίσει να ρωτούν γρίφους»
»Ich glaube, das kann ich erraten«, fügte sie laut hinzu
«Πιστεύω ότι μπορώ να το μαντέψω αυτό», πρόσθεσε
δυνατά
Der Märzhase wurde neugierig auf Alice
Ο λαγός της πορείας έγινε περίεργος για την Αλίκη
"Glaubst du wirklich, dass du die Antwort finden kannst?"
"Πιστεύετε πραγματικά ότι μπορείτε να βρείτε την
απάντηση;"
»Ich glaube, ich kann die Antwort finden,« sagte Alice
«Νομίζω ότι μπορώ να βρω την απάντηση πράγματι», είπε
η Αλίκη
**»Dann sollst du sagen, was du meinst,« fuhr der Märzhase
fort**
«Τότε πρέπει να πεις τι εννοείς», συνέχισε ο λαγός της
πορείας
»Ich sage, was ich meine,« erwiderte Alice hastig
«Λέω αυτό που εννοώ», απάντησε βιαστικά η Αλίκη
"Zumindest meine ich ernst, was ich sage"
«τουλάχιστον εννοώ αυτό που λέω»
"Das ist dasselbe, weißt du"
«Αυτό είναι το ίδιο πράγμα, ξέρεις»
Auch der Siebenschläfer trug zu dem Gespräch bei
Ο Dormouse συνέβαλε επίσης στη συζήτηση
Aber der Siebenschläfer schien im Schlaf zu sprechen
Αλλά η ραχιαία φαινόταν να μιλάει στον ύπνο της
"Ich atme, wenn ich schlafe"

«Αναπνέω όταν κοιμάμαι»
"Ich schlafe, wenn ich atme!"
«Κοιμάμαι όταν αναπνέω!»
"Man könnte genauso gut sagen, dass sie auch gleich sind"
"Θα μπορούσατε κάλλιστα να πείτε ότι είναι το ίδιο επίσης"
"So ist es auch bei dir!" sagte der Hutmacher
«Είναι το ίδιο πράγμα με σένα», είπε ο κατασκευαστής καπέλων
und er goß ein wenig Tee über die Nase des Siebenschläfers
Και έριξε λίγο τσάι στη μύτη της ράχης
Das Murmelthier schüttelte ungeduldig den Kopf
Ο Dormouse κούνησε το κεφάλι του ανυπόμονα
Und wieder sprach das Murmelmaus, ohne die Augen zu öffnen
Και πάλι η ραχιαία μίλησε, χωρίς να ανοίξει τα μάτια της
"Natürlich, natürlich ist es dasselbe"
«Φυσικά, φυσικά και είναι το ίδιο»
"Das wollte ich ja auch sagen"
«αυτό ακριβώς θα έλεγα ο ίδιος»

Der Hutmacher wandte sich an Alice und stellte eine weitere Frage

Ο κατασκευαστής καπέλων γύρισε στην Αλίκη και έκανε μια άλλη ερώτηση

"Hast du das Rätsel schon erraten?"

"Έχετε μαντέψει ακόμα το αίνιγμα;"

"Nein, ich gebe auf", gab Alice zu

«Όχι, παραιτούμαι», παραδέχτηκε η Αλίκη

"Was ist die Antwort?", wollte sie wissen

«Ποια είναι η απάντηση;» ήθελε να μάθει

»Ich habe nicht die geringste Ahnung,« sagte der Hutmacher

«Δεν έχω την παραμικρή ιδέα», είπε ο κατασκευαστής καπέλων

"Ich weiß es auch nicht!" sagte der Märzhase

«Ούτε ξέρω», είπε ο λαγός της πορείας

Alice stieß einen müden Seufzer aus

Η Αλίκη έβγαλε έναν κουρασμένο αναστεναγμό

"Es gibt eine bessere Nutzung der Zeit als Rätsel ohne Antworten"

«Υπάρχουν καλύτερες χρήσεις του χρόνου από τους γρίφους χωρίς απαντήσεις»

»Trinken Sie noch etwas Tee,« sagte der Märzhase sehr ernst zu Alice

«Πιες λίγο ακόμα τσάι», είπε ο λαγός στην Αλίκη, πολύ σοβαρά

Alice war ziemlich beleidigt über das Angebot

Η Αλίκη ήταν αρκετά προσβεβλημένη από την προσφορά

»Ich habe noch keinen Tee getrunken,« erwiderte Alice

«Δεν έχω πιει ακόμα τσάι», απάντησε η Αλίκη

"Deshalb kann ich keinen Tee mehr trinken"

"επομένως δεν μπορώ να πιω άλλο τσάι"

»Du meinst, weniger Tee kannst du nicht haben«, sagte der Hutmacher

«Εννοείς ότι δεν μπορείς να έχεις λιγότερο τσάι», είπε ο κατασκευαστής καπέλων

"Es ist sehr einfach, mehr als nichts zu nehmen"

"Είναι πολύ εύκολο να πάρεις περισσότερα από το τίποτα"

Bei diesen Worten erhob sich Alice und ging fort

Σε αυτό, η Αλίκη σηκώθηκε και έφυγε

Der Siebenschläfer schlief augenblicklich ein

Η ραχιαία αποκοιμήθηκε αμέσως

und keiner der andern nahm die geringste Notiz davon, daß sie ging

Και κανένας από τους άλλους δεν έδωσε την παραμικρή σημασία στο να φύγει

obwohl sie ein- oder zweimal zurückblickte

αν και κοίταξε πίσω μία ή δύο φορές

Sie versuchten, den Siebenschläfer in die Teekanne zu stecken

Προσπαθούσαν να βάλουν τη ράχη στην τσαγιέρα

"Jedenfalls werde ich nie wieder dorthin gehen!" sagte Alice

«Εν πάση περιπτώσει, δεν θα πάω ποτέ ξανά εκεί!» είπε η Αλίκη

Und sie ging ihren Weg durch den Wald

Και περπάτησε μέσα στο δάσος

"Das war die dümmste Teeparty, auf der ich je war"

«Αυτό ήταν το πιο ηλίθιο πάρτι τσαγιού που έχω πάει ποτέ»

Gerade als sie das sagte, bemerkte sie etwas

Μόλις το είπε αυτό, παρατήρησε κάτι

Einer der Bäume hatte eine Tür, die direkt hineinführte

Ένα από τα δέντρα είχε μια πόρτα που οδηγούσε ακριβώς μέσα σε αυτό

»Das ist sehr interessant!« dachte sie

«Αυτό είναι πολύ ενδιαφέρον!» σκέφτηκε

"Ich denke, ich kann genauso gut durch die Tür gehen"

«Νομίζω ότι θα μπορούσα κάλλιστα να περάσω την πόρτα»

Und durch die Tür ging sie

Και μέσα από την πόρτα πήγε

Wieder befand sie sich in der langen Halle

Για άλλη μια φορά βρέθηκε στη μεγάλη αίθουσα

Wieder stand sie dicht an dem kleinen Glastisch

Και πάλι ήταν κοντά στο μικρό γυάλινο τραπέζι

Sie nahm den kleinen goldenen Schlüssel

Πήρε το μικρό χρυσό κλειδί

und sie schloß die Tür auf, die in den Garten führte

Και ξεκλείδωσε την πόρτα που οδηγούσε στον κήπο

Dann machte sie sich daran, an dem Pilz zu knabbern

Στη συνέχεια, άρχισε να εργάζεται τσιμπολογώντας το μανιτάρι

Sie hatte ein Stück des Pilzes in ihrer Tasche aufbewahrt

Είχε κρατήσει ένα κομμάτι από το μανιτάρι στην τσέπη της

Und schließlich war sie etwa einen Meter groß

Και τελικά ήταν περίπου ένα μέτρο ψηλό

dann ging sie den kleinen Korridor hinunter

Στη συνέχεια περπάτησε στο μικρό διάδρομο

Und dann fand sie sich endlich in dem schönen Garten wieder

Και τελικά βρέθηκε στον όμορφο κήπο

Und sie war zwischen den hellen Blumen und den kühlen Springbrunnen

Και ήταν ανάμεσα στο φωτεινό λουλούδι και τις δροσερές βρύσες

Der Krocketplatz der Königinnen
Το κροκέ έδαφος της βασίλισσας

Ein großer Rosenstrauch stand in der Nähe des Eingangs des Gartens

Μια μεγάλη τριανταφυλλιά βρισκόταν κοντά στην είσοδο του κήπου

Die Rosen, die an dem Baum wuchsen, waren weiß

Τα τριαντάφυλλα που φύτρωναν στο δέντρο ήταν λευκά

aber es waren drei Gärtner, die die Rose bemalten

Αλλά υπήρχαν τρεις κηπουροί που ζωγράφιζαν το τριαντάφυλλο

Sie waren damit beschäftigt, die Rosen rot zu färben

Έβαφαν με ζήλο τα τριαντάφυλλα κόκκινα

und Alice sah zu, wie sie die Rosen rot färbten

και η Αλίκη τους έβλεπε να βάφουν τα τριαντάφυλλα κόκκινα

und plötzlich fielen ihre Augen zufällig auf Alice

και ξαφνικά τα μάτια τους έτυχε να πέσουν πάνω στην Αλίκη

Alice sprach ein wenig schüchtern

Η Αλίκη μίλησε λίγο δειλά

»Würden Sie es mir bitte sagen?«

"Θα μου πείτε, παρακαλώ;"

"Warum malt ihr alle diese Rosen?"

«Γιατί ζωγραφίζετε όλοι αυτά τα τριαντάφυλλα;»

Fünf und Sieben sagten nichts, sondern sahen zwei an

Πέντε και επτά δεν είπαν τίποτα, αλλά κοίταξαν δύο

zwei Sprecher, mit leiser Stimme

Δύο μίλησαν, με χαμηλή φωνή

»Nun, die Sache ist die, sehen Sie, gnädige Frau.«

"Γιατί, το γεγονός είναι, βλέπετε, κυρία"

"Das hier hätte ein roter Rosenstrauch sein sollen"

"Αυτό εδώ θα έπρεπε να ήταν μια κόκκινη τριανταφυλλιά"

"Und wir haben aus Versehen einen weißen Rosenstrauch hineingesetzt"

"Και βάλαμε μια λευκή τριανταφυλλιά κατά λάθος"

"Wie Sie mir zustimmen würden, darf die Königin es nicht

herausfinden"
«Όπως θα συμφωνούσατε, η βασίλισσα δεν πρέπει να το μάθει»
"Sonst würden wir uns allen die Köpfe abschneiden"
«Αλλιώς θα μας έκοβαν όλοι τα κεφάλια»
"Sie sehen also, gnädige Frau, wir tun unser Bestes"
«Βλέπετε, κυρία, κάνουμε ό,τι καλύτερο μπορούμε»
Karte fünf hatte ängstlich über den Garten geschaut
Η κάρτα πέντε κοιτούσε με αγωνία στον κήπο
In diesem Augenblick rief die fünfte Karte: "Die Königin! Die Königin!"
Εκείνη τη στιγμή η κάρτα πέντε φώναξε: «Η βασίλισσα! Η βασίλισσα!»
und die drei Gärtner eilten augenblicklich davon
Και οι τρεις κηπουροί έτρεξαν αμέσως μακριά
und sie warfen sich flach auf ihre Gesichter
Και ρίχτηκαν στα πρόσωπά τους
Man hörte das Geräusch vieler Schritte
Ακούστηκε ένας ήχος πολλών βημάτων
Alice sah sich um, begierig darauf, die Königin zu sehen
Η Αλίκη κοίταξε γύρω της, ανυπομονώντας να δει τη βασίλισσα
Am Anfang des Zuges standen zehn Soldaten
Στην αρχή της πομπής ήταν δέκα στρατιώτες
Ihre Hände und Füße waren in den Ecken
Τα χέρια και τα πόδια τους ήταν στις γωνίες
und in ihren Händen und Füßen waren Keulen
και στα χέρια και στα πόδια τους ήταν ρόπαλα
Als nächstes kamen die zehn Höflinge
Ακολούθησαν οι δέκα αυλικοί
die Höflinge waren über und über mit Diamanten geschmückt
Οι αυλικοί ήταν στολισμένοι παντού με διαμάντια
Nach den Höflingen kamen die königlichen Kinder
Μετά τους αυλικούς ήρθαν τα βασιλικά παιδιά
Es waren zehn der königlichen Kinder
Υπήρχαν δέκα από τα βασιλικά παιδιά

und alle königlichen Kinder waren mit Herzen geschmückt

Και όλα τα βασιλικά παιδιά ήταν στολισμένα με καρδιές

Dann kamen die Gäste; Meist Könige und Königinnen

Στη συνέχεια ήρθαν οι καλεσμένοι. κυρίως βασιλιάδες και βασίλισσες

und unter den Königen und Königinnen sah Alice jemanden

και ανάμεσα στους βασιλιάδες και τη βασίλισσα Αλίκη είδε κάποιον

Sie sah wieder das weiße Kaninchen, das sie gejagt hatte

Είδε ξανά το λευκό κουνέλι που είχε κυνηγήσει

Der Prozession folgte der Spitzbube der Herzen

Την πομπή ακολούθησε το μαχαίρι της καρδιάς

Er trug die Krone des Königs

Κουβαλούσε το στέμμα του βασιλιά

und die Krone des Königs lag auf einem purpurnen Samtkissen

Και το στέμμα του βασιλιά ήταν σε ένα πορφυρό βελούδινο μαξιλάρι

Und dann kam das Ende dieser großen Prozession

Και τότε ήρθε το τέλος αυτής της μεγάλης πομπής

Und da waren am Ende der König und die Königin der Herzen

Και εκεί στο τέλος ήταν ο βασιλιάς και η βασίλισσα των καρδιών

der Zug kam Alice gegenüber

η πομπή ήρθε απέναντι από την Αλίκη

Und alle blieben stehen und sahen sie an

Και όλοι σταμάτησαν και την κοίταξαν

Und die Königin sprach streng: "Wer ist das?"

Και η βασίλισσα είπε αυστηρά: «Ποιος είναι αυτός;»

Sie sagte es zum Herzknaben

Το είπε στο Knave of Hearts

aber er verbeugte sich nur und lächelte als Antwort

Αλλά απλώς έσκυψε και χαμογέλασε ως απάντηση

Alice sprach sehr höflich

Η Αλίκη μίλησε πολύ ευγενικά

"Mein Name ist Alice, also bitte, Eure Majestät"

«Το όνομά μου είναι Αλίκη, γι' αυτό παρακαλώ μεγαλειότατε»

Aber sie hatte andere Gedanken für sich

Αλλά είχε άλλες σκέψεις για τον εαυτό της

"Es ist doch nur ein Kartenspiel!"

«Είναι μόνο ένα πακέτο χαρτιά, τελικά!»

»Kannst du Krocket spielen?« rief die Königin

«Μπορείς να παίξεις κροκέ;» φώναξε η βασίλισσα

Die Frage war offenbar an Alice gerichtet

Η ερώτηση προφανώς προοριζόταν για την Αλίκη

"Ja!" sagte Alice laut

«Ναι!» είπε δυνατά η Αλίκη

"Komm also spielen!" brüllte die Königin

«Έλα να παίξεις τότε!» φώναξε η βασίλισσα

sprach eine schüchterne Stimme zu Alice

μια δειλή φωνή μίλησε στην Αλίκη

"Es ist ein sehr schöner Tag!"

"Είναι μια πολύ ωραία μέρα!"

Sie ging an dem weißen Kaninchen vorbei

Περπατούσε δίπλα στο λευκό κουνέλι

und das weiße Kaninchen guckte ihr ängstlich ins Gesicht

και το Λευκό Κουνέλι κρυφοκοίταζε ανήσυχο στο πρόσωπό της

»ein sehr schöner Tag,« bestätigte Alice

«μια πολύ ωραία μέρα πράγματι», επιβεβαίωσε η Αλίκη

»Wo ist die Herzogin?«

«Πού είναι η δούκισσα;»

»Still! Still!" sagte das Kaninchen

«Σώπα! Σώπα!» είπε το κουνέλι

"Sie ist zum Tode verurteilt"

«Είναι καταδικασμένη σε εκτέλεση»

»Wofür wird sie hingerichtet?« fragte Alice

«Για ποιο λόγο εκτελείται;» ρώτησε η Αλίκη

"Sie hat der Königin die Ohren abgewetzt", begann das Kaninchen

«Έσκισε τα αυτιά της βασίλισσας», άρχισε το κουνέλι

schrie die Königin mit Donnerstimme

Η βασίλισσα φώναξε με φωνή βροντής
"Ran an eure Plätze!"
"Πηγαίνετε στα μέρη σας!"
Und die Leute rannten in alle Richtungen herum
Και οι άνθρωποι άρχισαν να τρέχουν προς όλες τις
κατευθύνσεις
Und sie fielen alle aneinander
Και όλοι έπεσαν ο ένας πάνω στον άλλο
Sie hatten sich jedoch in ein oder zwei Minuten beruhigt
Ωστόσο, τακτοποιήθηκαν σε ένα ή δύο λεπτά
Und dann begann das Spiel
Και τότε άρχισε το παιχνίδι
**Alice hatte noch nie einen so merkwürdigen Krocketplatz
gesehen**
Η Αλίκη δεν είχε δει ποτέ ένα τόσο περίεργο έδαφος κροκέ
Das Gras bestand nur aus Graten und Furchen
Το γρασίδι ήταν όλο κορυφογραμμές και αυλάκια
Die Krocketbälle waren echte Igel
Οι μπάλες κροκέ ήταν πραγματικοί σκαντζόχοιροι
und die Schlägel waren echte Flamingos
Και τα σφυρί ήταν πραγματικά φλαμίνγκο
und die Soldaten standen auf Händen und Füßen
Και οι στρατιώτες στάθηκαν στα χέρια και τα πόδια τους
weil die Bögen aus ihren Körpern gemacht wurden
επειδή οι καμάρες ήταν φτιαγμένες από τα σώματά τους
Die Spieler spielten alle gleichzeitig
Όλοι οι παίκτες έπαιξαν ταυτόχρονα
Niemand wartete, bis er an der Reihe war
Κανείς δεν περίμενε τη σειρά του
und jeder stritt sich mit jedem
Και όλοι τσακώνονταν με όλους
und alle kämpften für die Igel
και όλοι πολεμούσαν για τους σκαντζόχοιρους
Bald geriet die Königin in eine wütende Leidenschaft
Σύντομα η βασίλισσα ήταν σε ένα μανιασμένο πάθος
Und sie fing an, herumzustampfen und zu schreien
Και άρχισε να χτυπάει και να φωνάζει

»Hacken Sie ihm den Kopf ab!«

«Κόψε το κεφάλι του!»

"Hack ihr den Kopf ab!"

«Κόψε το κεφάλι της!»

Hackt ihnen alle Köpfe ab!"

«Κόψτε όλα τα κεφάλια τους!»

Wieder dachte Alice bei sich.

Και πάλι η Αλίκη σκέφτηκε τον εαυτό της

"Sie lieben es schrecklich, hier Menschen zu enthaupten"

«Τους αρέσει τρομερά να αποκεφαλίζουν ανθρώπους εδώ»

"Das große Wunder ist, dass überhaupt noch jemand am Leben ist!"

«Το μεγάλο θαύμα είναι ότι υπάρχει κάποιος που έχει μείνει ζωντανός!»

Sie sah sich nach einem Ausweg um

Έψαχνε για κάποιο τρόπο διαφυγής

Sie bemerkte eine merkwürdige Erscheinung in der Luft

Παρατήρησε μια περίεργη εμφάνιση στον αέρα

»Es ist die Cheshire-Katze,« sagte sie zu sich selbst

«Είναι η γάτα Cheshire», είπε στον εαυτό της

"Jetzt habe ich jemanden, mit dem ich reden kann"

«Τώρα θα έχω κάποιον να μιλήσω»

"Wie geht es dir?" fragte die Katze

«Πώς τα πας;» είπε η γάτα

»Ich glaube nicht, daß sie ganz und gar fair spielen«, sagte Alice

«Δεν νομίζω ότι παίζουν καθόλου δίκαια», είπε η Alice

Und sie hatte einen ziemlich klagenden Ton

Και είχε έναν μάλλον παραπονεμένο τόνο

"Sie streiten sich alle so fürchterlich"

«Όλοι τσακώνονται τόσο φοβερά»

"Man hört sich selbst nicht sprechen"

«Δεν μπορεί κανείς να ακούσει τον εαυτό του να μιλάει»

"Und sie scheinen sich nicht an irgendwelche Regeln zu halten"

«Και δεν φαίνεται να παίζουν με κανέναν κανόνα»

die Katze stellte Alice mit leiser Stimme eine Frage

η γάτα έκανε μια ερώτηση στην Αλίκη με χαμηλή φωνή
"Wie gefällt dir die Königin?"
«Πώς σου αρέσει η βασίλισσα;»
»Ich mag sie gar nicht,« sagte Alice
«Δεν μου αρέσει καθόλου», είπε η Αλίκη

Alice dachte, sie könnte genauso gut zurückgehen
Η Αλίκη σκέφτηκε ότι θα μπορούσε κάλλιστα να γυρίσει
πίσω
Sie wollte sehen, wie das Spiel läuft
Ήθελε να δει πώς πήγαινε το παιχνίδι
Sie machte sich auf die Suche nach ihrem Igel
Έφυγε αναζητώντας τον σκαντζόχοιρό της
Der Igel war damit beschäftigt, gegen einen anderen Igel zu kämpfen
Ο σκαντζόχοιρος ήταν απασχολημένος με την
καταπολέμηση ενός άλλου σκαντζόχοιρου

Das war eine ausgezeichnete Gelegenheit

Αυτή ήταν μια εξαιρετική ευκαιρία

Sie konnte einen Igel mit dem anderen krocketen

Θα μπορούσε να κροκέ έναν σκαντζόχοιρο με τον άλλο

Aber ihr Flamingo war auf der anderen Seite des Gartens

Αλλά το φλαμίνγκο της ήταν στην άλλη πλευρά του κήπου

Der Flamingo war ziemlich tollpatschig

Το φλαμίνγκο ήταν μάλλον αδέξια

Ihr Flamingo versuchte, gegen einen Baum zu fliegen

Το φλαμίνγκο της προσπαθούσε να πετάξει πάνω σε ένα δέντρο

Sie packte den Flamingo am Bein

Έπιασε το φλαμίνγκο από το πόδι

Und sie schob sich den Flamingo unter den Arm

Και έβαλε το φλαμίνγκο κάτω από το μπράτσο της

So konnte der Flamingo nicht mehr entkommen

Με αυτόν τον τρόπο το φλαμίνγκο δεν μπορούσε να δραπετεύσει ξανά

In diesem Augenblick traf Alice zufällig die Herzogin

Ακριβώς τότε η Αλίκη έτυχε να συναντήσει τη δούκισσα

Die Herzogin war nun aus dem Gefängnis entlassen worden

Η δούκισσα ήταν τώρα έξω από τη φυλακή

Sie schob ihren Arm liebevoll unter Alices Arm

Έβαλε το χέρι της στοργικά κάτω από το μπράτσο της Αλίκης

Und dann gingen sie zusammen fort

και μετά έφυγαν μαζί

Alice war sehr froh, sie in so angenehmer Laune zu finden

Η Αλίκη ήταν πολύ χαρούμενη που την βρήκε σε μια τόσο ευχάριστη ιδιοσυγκρασία

Sie erschrak jedoch ein wenig

Ωστόσο, ξαφνιάστηκε λίγο

Sie hörte die Stimme der Herzogin dicht an ihrem Ohr

Άκουσε τη φωνή της δούκισσας κοντά στο αυτί της

"Du denkst über etwas nach, meine Liebe"

«Σκέφτεσαι κάτι, αγαπητέ μου»

"Und das lässt dich das Reden vergessen"

«Και αυτό σε κάνει να ξεχνάς να μιλήσεις»
»Das Spiel geht jetzt etwas besser«, sagte Alice
«Το παιχνίδι πηγαίνει μάλλον καλύτερα τώρα», είπε η Alice
Es war eine Möglichkeit, das Gespräch am Laufen zu halten
Ήταν ένας τρόπος να συνεχιστεί η συζήτηση
»So ist es,« sagte die Herzogin
«Είναι πράγματι έτσι», είπε η δούκισσα
"Und die Moral davon ist folgende."
"Και το ηθικό δίδαγμα αυτού είναι αυτό:"
"Es ist die Liebe, die alles macht!"
«Είναι η αγάπη που τα κάνει όλα!»
"Liebe ist das, was die Welt bewegt"
"Η αγάπη είναι αυτό που κάνει τον κόσμο να γυρίζει"
Alice hatte eine andere Erklärung
Η Αλίκη είχε μια άλλη εξήγηση
**"Das macht jeder, der sich um seine eigenen
Angelegenheiten kümmert!"**
"Γίνεται από τον καθένα που νοιάζεται για τη δουλειά του!"
»Ah, gut! Du könntest Recht haben"
«Α, καλά! Θα μπορούσες να έχεις δίκιο»
»Es bedeutet alles ziemlich dasselbe,« sagte die Herzogin
«Όλα σημαίνουν περίπου το ίδιο πράγμα», είπε η δούκισσα
und sie grub ihr spitzes kleines Kinn in Alices Schulter
και έσκαψε το κοφτερό πηγούνι της στον ώμο της Αλίκης
"Und die Moral davon ist folgende"
«Και το ηθικό δίδαγμα αυτού είναι αυτό»
"Kümmere dich um die Sinne"
"Φροντίστε την αίσθηση"
"Und dann erledigen sich die Klänge von selbst"
"και τότε οι ήχοι θα φροντίσουν τον εαυτό τους"
Aber dann fing der Arm der Herzogin an zu zittern
Αλλά τότε το χέρι της δούκισσας άρχισε να τρέμει
Alice blickte auf und da stand die Königin
Η Αλίκη κοίταξε ψηλά και εκεί στεκόταν η βασίλισσα
Die Königin hatte die Arme verschränkt
Η βασίλισσα είχε τα χέρια της διπλωμένα
Und sie runzelte die Stirn wie ein Gewitter!

Και συνοφρυωνόταν σαν καταιγίδα!
»Ich warne dich!« schrie die Königin
«Σας δίνω δίκαιη προειδοποίηση», φώναξε η βασίλισσα
Und sie stampfte auf den Boden, während sie sprach
Και έπεσε στο έδαφος καθώς μιλούσε
"Entweder dein Kopf oder ihr Kopf muss ausgeschaltet sein"
"Είτε το κεφάλι σου είτε το κεφάλι της πρέπει να είναι σβηστό"
"Treffen Sie Ihre Wahl!"
"Πάρτε την επιλογή σας!"
"Und beeilen Sie sich"
"Και να είστε γρήγοροι γι 'αυτό"
Die Herzogin traf ihre Wahl
Η δούκισσα έκανε την επιλογή της
und in einem Augenblick war die Herzogin verschwunden
Και μέσα σε μια στιγμή η δούκισσα είχε φύγει
Da sprach die Königin zu Alice
Τότε η βασίλισσα μίλησε στην Αλίκη
"Weiter geht's mit dem Spiel"
«Πάμε με το παιχνίδι»
Alice war zu erschrocken, um ein Wort zu sagen
Η Αλίκη ήταν πολύ φοβισμένη για να πει μια λέξη
und langsam folgte sie ihrem Rücken zum Krocketplatz
Και σιγά-σιγά την ακολούθησε πίσω στο κροκέ έδαφος
Die ganze Zeit stritt sich die Dame mit den anderen Spielern
Όλη την ώρα η βασίλισσα τσακωνόταν με τους άλλους παίκτες
»Hacken Sie ihm den Kopf ab!«
«Κόψε το κεφάλι του!»
"Hack ihr den Kopf ab!"
«Κόψε το κεφάλι της!»
"Hackt ihnen alle Köpfe ab!"
«Κόψτε όλα τα κεφάλια τους!»
Bald waren alle Spieler in Gewahrsam
Σύντομα όλοι οι παίκτες τέθηκαν υπό κράτηση
nur der König, die Königin und Alice blieben zurück
Μόνο ο βασιλιάς, η βασίλισσα και η Αλίκη παρέμειναν

Da ging die Königin, ganz außer Atem

Τότε η βασίλισσα έφυγε, με κομμένη την ανάσα

und sie ging mit Alice fort

και έφυγε με την Αλίκη

Alice hörte, wie der König leise etwas sagte

Η Αλίκη άκουσε τον βασιλιά να λέει κάτι ήσυχα

"Ihr seid alle begnadigt"

«Σας συγχωρούν όλοι»

aber plötzlich hörte man einen neuen Schrei

Αλλά ξαφνικά ακούστηκε μια άλλη κραυγή

"Der Prozess beginnt!"

«Η δίκη αρχίζει!»

und Alice lief mit den andern

και η Αλίκη έτρεξε μαζί με τους άλλους

Wer hat die Torten gestohlen?

Ποιος έκλεψε τις τάρτες;

Der Herzkönig und die Herzkönigin saßen

Ο βασιλιάς και η βασίλισσα των καρδιών κάθονταν

sie saßen auf ihrem Thron, als Alice ankam

ήταν στο θρόνο τους όταν έφτασε η Αλίκη

Eine große Menschenmenge war um sie herum versammelt

Υπήρχε ένα μεγάλο πλήθος συγκεντρωμένο γύρω τους

Es gab allerlei kleine Vögel und Bestien

Υπήρχαν όλα τα είδη μικρών πουλιών και θηρίων

Und da war das ganze Kartenspiel

και υπήρχε ολόκληρο το πακέτο των καρτών

Der Spitzbube stand in Ketten vor ihnen

Το μαχαίρι στεκόταν μπροστά τους, αλυσοδεμένο

und auf jeder Seite war ein Soldat, der ihn bewachte

Και υπήρχε ένας στρατιώτης σε κάθε πλευρά για να τον φυλάει

in der Nähe des Königs war das weiße Kaninchen

κοντά στον βασιλιά ήταν το λευκό κουνέλι

Er hatte eine Trompete in der einen Hand

Είχε μια τρομπέτα στο ένα χέρι

Und in der andern Hand hielt er eine Pergamentrolle

Και είχε έναν κύλινδρο περγαμηνής στο άλλο χέρι

In der Mitte des Platzes stand ein Tisch

Στη μέση του γηπέδου υπήρχε ένα τραπέζι

Auf dem Tisch stand eine große Schüssel mit Torten

Στο τραπέζι υπήρχε ένα μεγάλο πιάτο τάρτες

"Ich wünschte, sie würden den Prozess zu Ende bringen", dachte Alice

«Μακάρι να γινόταν η δίκη», σκέφτηκε η Αλίκη

"Dann könnten wir etwas von diesen Erfrischungen essen!"

«Τότε θα μπορούσαμε να φάμε μερικά από αυτά τα αναψυκτικά!»

Der Richter war übrigens der König

Ο δικαστής, παρεμπιπτόντως, ήταν ο βασιλιάς

und er trug seine Krone über seiner großen Perücke

Και φόρεσε το στέμμα του πάνω από τη μεγάλη περούκα του

»Das ist die Loge der Geschworenen!« dachte Alice

«Αυτή είναι η κριτική επιτροπή», σκέφτηκε η Αλίκη

"Und diese zwölf Geschöpfe, ich nehme an, sie sind die Geschworenen"

«Και αυτά τα δώδεκα πλάσματα, υποθέτω ότι είναι οι ένορκοι»

einige waren Tiere, andere waren Vögel

Μερικά ήταν ζώα και μερικά ήταν πουλιά

In diesem Augenblick schrie das weiße Kaninchen auf

Ακριβώς τότε το λευκό κουνέλι φώναξε

"Schweigen im Gericht!"

«Σιωπή στο δικαστήριο!»

»Herold, lesen Sie die Anklage!« sagte der König

«Κήρυκα, διάβασε την κατηγορία!» είπε ο βασιλιάς

Das weiße Kaninchen blies drei Stöße auf die Trompete

Το λευκό κουνέλι φύσηξε τρεις εκρήξεις στην τρομπέτα

dann entrollte er die Pergamentrolle

Στη συνέχεια ξετύλιξε την περγαμηνή-κύλινδρο

Und er las folgendes:

και διάβασε τα εξής:

"Die Königin der Herzen, sie hat ein paar Torten gebacken."

«Η βασίλισσα των καρδιών, έφτιαξε μερικές τάρτες»

"All das tat sie an einem Sommertag"

«Όλα αυτά τα έκανε μια καλοκαιρινή μέρα»

"Der Schurke der Herzen, er hat diese Torten gestohlen"

«Το μαχαίρι της καρδιάς, έκλεψε αυτές τις τάρτες»

"Und er hat diese Torten weit weg gebracht!"

«Και πήρε αυτές τις τάρτες μακριά!»

»Rufen Sie den ersten Zeugen,« sagte der König

«Κάλεσε τον πρώτο μάρτυρα», είπε ο βασιλιάς

und das weiße Kaninchen blies drei Stöße auf die Trompete

Και το λευκό κουνέλι φύσηξε τρεις εκρήξεις στη σάλπιγγα

»Bringt den ersten Zeugen!« rief er

«Φέρτε τον πρώτο μάρτυρα!» φώναξε

Der erste Zeuge war der Hutmacher

Ο πρώτος μάρτυρας ήταν ο κατασκευαστής καπέλων

Er kam mit einer Teetasse in der einen Hand herein

Ήρθε με ένα φλιτζάνι τσαγιού στο ένα χέρι

Und in der anderen Hand hatte er ein Stück Brot und Butter

Και είχε ένα κομμάτι ψωμί και βούτυρο στο άλλο χέρι

»Du hättest fertig sein sollen,« sagte der König

«Έπρεπε να τελειώσεις», είπε ο βασιλιάς

"Wann hast du angefangen?"

«Πότε ξεκίνησες;»

Der Hutmacher schaute sich den Märzhasen an

Ο κατασκευαστής καπέλων κοίταξε τον λαγό της πορείας

Der Märzhase war ihm in den Hof gefolgt

Ο Λαγός του Μαρτίου τον είχε ακολουθήσει στην αυλή

Er war Arm in Arm mit dem Siebenschläfer gegangen

Είχε περπατήσει χέρι-χέρι με τη ραχιαία

»Ich glaube, es war der vierzehnte März«, sagte er

«Δεκατέσσερις Μαρτίου, νομίζω ότι ήταν», είπε
»Geben Sie Ihre Aussage,« sagte der König
«Δώσε τις αποδείξεις σου», είπε ο βασιλιάς
"Und sei nicht nervös, sonst lasse ich dich auf der Stelle hinrichten"
"και μην είσαι νευρικός, αλλιώς θα σε εκτελέσω επί τόπου"
Das schien den Zeugen überhaupt nicht zu ermutigen
Αυτό δεν φάνηκε να ενθαρρύνει καθόλου τον μάρτυρα
Er rutschte immer wieder von einem Fuß auf den anderen
Συνέχισε να μετατοπίζεται από το ένα πόδι στο άλλο
und er sah die Königin unruhig an
Και κοίταξε αμήχανα τη βασίλισσα
und in seiner Verwirrung biß er ein großes Stück aus seiner Teetasse
Και, μέσα στη σύγχυσή του, δάγκωσε ένα μεγάλο κομμάτι από το φλυτζάνι του τσαγιού του
Eigentlich wollte er von seinem Brot und seiner Butter beißen
Πραγματικά ήθελε να δαγκώσει από το ψωμί και το βούτυρο του
In diesem Augenblick fühlte Alice eine sehr merkwürdige Empfindung
Ακριβώς εκείνη τη στιγμή η Αλίκη ένιωσε μια πολύ περίεργη αίσθηση
Sie fing an, wieder größer zu werden
Είχε αρχίσει να μεγαλώνει και πάλι
Der unglückliche Hutmacher ließ seine Teetasse fallen
Ο δυστυχισμένος κατασκευαστής καπέλων έριξε το φλιτζάνι τσαγιού του
und das Brot und die Butter fielen zu Boden
και το ψωμί και το βούτυρο έπεσαν στο έδαφος
und er fiel auf die Knie
και έπεσε στο ένα γόνατο
»Ich bin ein armer Mann, Eure Majestät,« begann er
«Είμαι ένας φτωχός άνθρωπος, μεγαλειότατε», άρχισε
»Du bist ein sehr schlechter Redner,« sagte der König
«Είσαι πολύ κακός ομιλητής», είπε ο βασιλιάς

»Du darfst gehen,« sagte der König

«Μπορείς να πας», είπε ο βασιλιάς

und der Hutmacher verließ eilig den Hof

Και ο κατασκευαστής καπέλων έφυγε βιαστικά από το γήπεδο

»Rufen Sie den nächsten Zeugen her!« sagte der König

«Καλέστε τον επόμενο μάρτυρα!» είπε ο βασιλιάς

Der nächste Zeuge war die Köchin der Herzogin

Ο επόμενος μάρτυρας ήταν ο μάγειρας της δούκισσας

Sie trug die Pfefferdose in der Hand

Κρατούσε το κουτί με το πιπέρι στο χέρι της

Und die Leute in der Nähe der Tür fingen auf einmal an zu niesen

Και οι άνθρωποι κοντά στην πόρτα άρχισαν να φτερνίζονται μονομιάς

»Geben Sie Ihre Aussage,« sagte der König

«Δώσε τις αποδείξεις σου», είπε ο βασιλιάς

»Ich will nichts beweisen,« sagte die Köchin

«Δεν θα δώσω αποδείξεις», είπε ο μάγειρας

Der König sah das weiße Kaninchen ängstlich an

Ο βασιλιάς κοίταξε με αγωνία το λευκό κουνέλι

Und das weiße Kaninchen sprach mit leiser Stimme

Και το λευκό κουνέλι μίλησε με ήρεμη φωνή

"Eure Majestät müssen diesen Zeugen ins Kreuzverhör nehmen"

«Η Μεγαλειότητά σας πρέπει να εξετάσει κατ' αντιπαράσταση αυτόν τον μάρτυρα»

»Nun, wenn ich muß, so muß ich,« sagte der König

«Λοιπόν, αν πρέπει, πρέπει», είπε ο βασιλιάς

"Woraus bestehen Torten?"

"Από τι είναι φτιαγμένες οι τάρτες;"

»Torten werden meistens aus Pfeffer gemacht«, sagte die Köchin

«Οι τάρτες φτιάχνονται κυρίως από πιπέρι», είπε ο μάγειρας

Einige Minuten lang war der ganze Hof in Verwirrung

Για μερικά λεπτά ολόκληρο το δικαστήριο ήταν σε σύγχυση

Schließlich ließen sie sich alle wieder nieder

Τελικά όλοι τακτοποιήθηκαν ξανά

Aber da war die Köchin schon verschwunden

Αλλά μέχρι τότε ο μάγειρας είχε εξαφανιστεί

»Macht nichts!« sagte der König

«Μην ανησυχείτε!» είπε ο βασιλιάς

"Rufen Sie den nächsten Zeugen in den Zeugenstand"

«Καλέστε στο εδώλιο τον επόμενο μάρτυρα»

Alice beobachtete das weiße Kaninchen, wie es an der Liste herumfummelte

Η Αλίκη παρακολουθούσε το λευκό κουνέλι καθώς έψαχνε τη λίστα

Sie können sich vorstellen, wie überrascht sie war, als sie das hörte, was sie als nächstes hörte

Μπορείτε να φανταστείτε την έκπληξή της σε αυτό που άκουσε στη συνέχεια

Mit lauter schriller kleiner Stimme rief er den Namen »Alice!«

στην κορυφή της διαπεραστικής μικρής φωνής του, φώναξε το όνομα "Αλίκη!"

Alices Beweise
Τα στοιχεία της Αλίκης

»Hier!« rief Alice

«Εδώ!» φώναξε η Αλίκη

Sie sprang in großer Eile auf

Πήδηξε πάνω σε μια μεγάλη βιασύνη

und sie kippte die Geschworenenloge um

Και έγειρε πάνω από την κριτική επιτροπή

und sie warf alle Geschworenen um

Και χτύπησε όλους τους ενόρκους

und sie fielen auf die Köpfe der Menge unten

Και έπεσαν πάνω στα κεφάλια του πλήθους από κάτω.

Alice war in großer Bestürzung

Η Αλίκη ήταν σε μεγάλη απογοήτευση

»Oh, ich bitte um Verzeihung!« rief sie aus

«Ω, ζητώ συγνώμη!» αναφώνησε

»Der Prozeß kann nicht fortgesetzt werden,« sagte der König

«Η δίκη δεν μπορεί να προχωρήσει», είπε ο βασιλιάς

"Die Geschworenen müssen wieder an ihre angestammten Plätze zurückkehren"

«Οι ένορκοι πρέπει να επιστρέψουν στις σωστές τους θέσεις»

Er wiederholte den Befehl mit großem Nachdruck

Επανέλαβε τη διαταγή με μεγάλη έμφαση

und er sah Alice streng an

και κοίταξε την Αλίκη αυστηρά

"Was weißt du über diese Ereignisse?" fragte der König Alice

«Τι ξέρεις γι' αυτά τα γεγονότα;» ρώτησε ο βασιλιάς την Αλίκη

»Ich weiß nichts von der Sache,« sagte Alice

«Δεν ξέρω τίποτα για το θέμα», είπε η Αλίκη

Dann las der König aus seinem Buch vor

Ο βασιλιάς τότε διάβασε από το βιβλίο του

"Regel zweiundvierzig"

"Κανόνας σαράντα δύο"

"Alle Personen, die mehr als eine Meile hoch sind, sollen

das Gericht verlassen"
«Όλα τα άτομα που έχουν ύψος πάνω από ένα μίλι πρέπει
να φύγουν από το δικαστήριο»
»Ich bin keine Meile hoch,« sagte Alice
«Δεν είμαι ούτε ένα μίλι ψηλά», είπε η Αλίκη
»Fast zwei Meilen hoch,« sagte die Königin
«Σχεδόν δύο μίλια ύψος», είπε η βασίλισσα

»Nun, ich weigere mich zu gehen,« sagte Alice
«Λοιπόν, αρνούμαι να πάω», είπε η Αλίκη
Der König erbleichte
Ο βασιλιάς έγινε χλωμός
und er schloß hastig sein Notizbuch
Και έκλεισε βιαστικά το σημειωματάριό του
»Überlegen Sie sich Ihr Urteil«, sagte er zu den
Geschworenen
«Σκεφτείτε την ετυμηγορία σας», είπε στους ενόρκους
Er sprach mit leiser, zitternder Stimme
Μίλησε με χαμηλή, τρεμάμενη φωνή
Da sprach das weiße Kaninchen

Τότε μίλησε το λευκό κουνέλι
"Es werden noch mehr Beweise kommen"
«Υπάρχουν περισσότερα στοιχεία να έρθουν ακόμα»
und er sprang in großer Eile auf
Και πήδηξε πάνω σε μια μεγάλη βιασύνη
"Dieses Papier wurde gerade abgeholt"
"Αυτό το χαρτί μόλις παραλήφθηκε"
"Es scheint ein Brief des Gefangenen zu sein"
«Φαίνεται να είναι ένα γράμμα γραμμένο από τον κρατούμενο»
Er faltete das Papier auseinander, während er sprach
Ξεδίπλωσε το χαρτί καθώς μιλούσε
"Es ist doch kein Brief"
«Δεν είναι γράμμα, τελικά»
"Was es war, war eine Reihe von Versen"
«Αυτό που ήταν ήταν ένα σύνολο στίχων»
»Bitte, Eure Majestät,« sagte der Spitzbube
«Παρακαλώ, μεγαλειότατε», είπε ο μαχητής
"Ich habe diese Verse nicht geschrieben"
«Δεν έγραψα εγώ αυτούς τους στίχους»
"und sie können nicht beweisen, dass ich etwas geschrieben habe"
«και δεν μπορούν να αποδείξουν ότι έγραψα τίποτα»
"Am Ende ist kein Name unterschrieben"
"Δεν υπάρχει όνομα υπογεγραμμένο στο τέλος"
Der König sprach mit dem Spitzbuben
Ο βασιλιάς μίλησε στον Knave
"Du musst vorgehabt haben, Unheil anzurichten"
«Πρέπει να ήθελες να προκαλέσεις κάποια αταξία»
"Sonst hättest du wie ein ehrlicher Mann unterschrieben"
«Αλλιώς θα είχες υπογράψει το όνομά σου σαν τίμιος άνθρωπος»
Es gab ein allgemeines Händeklatschen
Υπήρξε ένα γενικό χτύπημα των χεριών
Und der König wandte sich an das weiße Kaninchen
Και ο βασιλιάς στράφηκε στο λευκό κουνέλι
»Lest die Verse!« befahl er.

«Διαβάστε τους στίχους», διέταξε
Es herrschte Totenstille im Gerichtssaal
Επικρατούσε νεκρική σιγή στο δικαστήριο
und das weiße Kaninchen las die Verse vor
Και το λευκό κουνέλι διάβασε τους στίχους
Sie sagten mir, du wärst bei ihr gewesen
Μου είπαν ότι είχες πάει σε αυτήν
Und sie erwähnten mich ihm gegenüber
Και του ανέφεραν
Sie gab mir einen guten Charakter
Μου έδωσε έναν καλό χαρακτήρα
Aber sie sagte, ich könne nicht schwimmen
Αλλά είπε ότι δεν μπορούσα να κολυμπήσω
Er ließ ihnen wissen, dass ich nicht gegangen sei
Τους έστειλε μήνυμα ότι δεν είχα πάει
Wir wissen, dass es wahr ist
Γνωρίζουμε ότι είναι αλήθεια
Wenn sie die Sache vorantreiben sollte, was würde aus dir werden?
Αν έπρεπε να προωθήσει το θέμα, τι θα γινόταν με εσάς;
Ich gab ihr einen, sie gaben ihm zwei
Της έδωσα ένα, του έδωσαν δύο
Du hast uns drei oder mehr gegeben
Μας δώσατε τρία ή περισσότερα
Sie sind alle von ihm zu dir zurückgekehrt
Όλοι επέστρεψαν από αυτόν σε σένα
obwohl sie vorher meine waren
αν και ήταν δικά μου πριν
Wenn ich oder sie die Chance haben sollte,
Αν τύχει να είμαι
Wenn ich oder sie in diese Affäre verwickelt wäre
Αν εγώ ή αυτή συμμετείχα σε αυτή την υπόθεση
Er vertraut auf dich, dass du sie befreien wirst
Σας εμπιστεύεται να τους ελευθερώσετε
Genau so wie wir waren
Ακριβώς όπως ήμασταν
Ich hatte den Eindruck, dass Sie

Η αντίληψή μου ήταν ότι ήσουν
Bevor sie diesen Anfall hatte
Πριν είχε αυτό το fit
Ein Hindernis, das dazwischen kam
Ένα εμπόδιο που μπήκε ανάμεσα
Er und wir und es
Εκείνος, και εμείς οι ίδιοι, και αυτό
Lass ihn nicht wissen, dass sie ihr am besten gefallen haben
Μην τον αφήσετε να καταλάβει ότι της άρεσαν
περισσότερο
**Denn dies muss für immer ein Geheimnis bleiben, das vor
allen anderen verborgen bleibt**
Γιατί αυτό πρέπει να είναι για πάντα μυστικό, κρυμμένο
από όλα τα υπόλοιπα
**Dieses Geheimnis muss ein Geheimnis zwischen dir und
mir bleiben**
Αυτό το μυστικό πρέπει να παραμείνει μυστικό ανάμεσα σε
σένα και εμένα
Der König war sehr beeindruckt
Ο βασιλιάς εντυπωσιάστηκε πολύ
**"Das ist das wichtigste Beweisstück, das wir bisher gehört
haben"**
«Αυτό είναι το πιο σημαντικό αποδεικτικό στοιχείο που
έχουμε ακούσει μέχρι στιγμής»
**»Ich glaube nicht, daß diese Verse auch nur ein Atom
Bedeutung haben,« wandte Alice ein**
«Δεν πιστεύω ότι αυτοί οι στίχοι φέρουν ένα άτομο
νοήματος», αντέτεινε η Αλίκη
**der König hatte seine eigene Meinung zu dieser
Angelegenheit**
ο βασιλιάς είχε τη δική του γνώμη για το θέμα
**"Wenn diese Worte keinen Sinn haben, erspart das eine
Menge Ärger"**
«Αν δεν υπάρχει νόημα σε αυτές τις λέξεις, αυτό σώζει
έναν κόσμο προβλημάτων»
**"Dann brauchen wir nicht zu versuchen, den Sinn zu
finden"**

«Τότε δεν χρειάζεται να προσπαθήσουμε να βρούμε το νόημα»
"Lassen Sie die Geschworenen über ihr Urteil nachdenken"
«Αφήστε τους ενόρκους να εξετάσουν την ετυμηγορία τους»
»Nein, nein!« sagte die Königin
«Όχι, όχι!» είπε η βασίλισσα
"Erst die Verurteilung, dann das Urteil"
«Πρώτα η καταδίκη – ετυμηγορία μετά»
"Zeug und Unsinn!" sagte Alice laut
«Πράγματα και ανοησίες!» είπε δυνατά η Αλίκη
"Wie dumm ist es, den Angeklagten zuerst zu verurteilen!"
«Πόσο ανόητο είναι να καταδικάζεις πρώτα τον κατηγορούμενο!»

»Schweige!« sagte die Königin und färbte sich violett an
«Κράτα τη γλώσσα σου!» είπε η βασίλισσα, μοβ
"Ich werde nicht den Mund halten!" sagte Alice
«Δεν θα κρατήσω τη γλώσσα μου!» είπε η Αλίκη
schrie die Königin aus voller Kehle

Η βασίλισσα φώναξε στην κορυφή της φωνής της
"Hack ihr den Kopf ab!"
«Κόψε το κεφάλι της!»
Niemand machte eine Bewegung
Κανείς δεν έκανε κίνηση
"Wen kümmert es, was du sagst?" sagte Alice
«Ποιος νοιάζεται τι λες;» είπε η Αλίκη
Zu diesem Zeitpunkt war sie bereits zu ihrer vollen Größe herangewachsen
Είχε μεγαλώσει στο πλήρες μέγεθός της μέχρι εκείνη τη στιγμή
"Du bist nichts als ein Kartenspiel!"
«Δεν είσαι παρά ένα πακέτο χαρτιά!»
Bei diesen Worten hoben sich alle Karten in die Luft
Σε αυτό, όλα τα χαρτιά σηκώθηκαν στον αέρα
und alle Karten flogen auf sie herab
Και όλα τα χαρτιά έπεσαν πάνω της
Sie stieß einen kleinen Schrei aus
Έβγαλε μια μικρή κραυγή
Sie war halb erschrocken, aber auch wütend
Ήταν μισοφοβισμένη, αλλά και θυμωμένη
Und sie versuchte, sich gegen die Karten zu wehren
Και προσπάθησε να παλέψει τα χαρτιά από τον εαυτό της
Und dann fand sie sich auf der Grasbank liegend
Και τότε βρέθηκε ξαπλωμένη στην όχθη του γρασιδιού
Ihr Kopf lag im Schoß ihrer Schwester
Το κεφάλι της ήταν στην αγκαλιά της αδελφής της
Einige abgestorbene Blätter waren auf ihrem Gesicht gelandet
Μερικά νεκρά φύλλα είχαν προσγειωθεί στο πρόσωπό της
und ihre Schwester wischte vorsichtig die Blätter weg
Και η αδελφή της βούρτσιζε απαλά τα φύλλα μακριά
»Wach auf, liebe Alice!« sagte die Schwester
«Ξύπνα, Αλίκη αγαπημένη!» είπε η αδελφή της
"Was für einen langen Schlaf hast du gehabt!"
«Τι μακρύς ύπνος είχες!»
"Oh, ich habe so einen merkwürdigen Traum gehabt!" sagte

Alice

«Ω, είχα ένα τόσο περίεργο όνειρο!» είπε η Αλίκη

Und sie erzählte ihrer Schwester alles, woran sie sich erinnern konnte

Και είπε στην αδελφή της όλα όσα μπορούσε να θυμηθεί

all die seltsamen Abenteuer, von denen Sie gerade gelesen haben

Όλες οι παράξενες περιπέτειες για τις οποίες μόλις διαβάσατε

Alice stand auf und rannte davon

Η Αλίκη σηκώθηκε και έφυγε τρέχοντας

Und während sie lief, dachte sie an ihren Traum

Και σκέφτηκε, ενώ έτρεχε, το όνειρό της

"Was für ein wunderbarer Traum das gewesen war!"

"Τι υπέροχο όνειρο ήταν!"